多賢的祕密貼文

我的眞心，
僅限本人閱讀

체리새우
비밀글입니다

黃英美 著
簡郁璇 譯

得獎作品　國外盛讚

小說的存在是為了探究關係，而關係的第一步在於掌握「我」。唯有如此，才能看見「你」。

故事中的多賢原本並不明白這個道理，一心只想著要隸屬於「我們」的世界。這部小說是後來頓悟這些道理的孩子們，珍貴的成長日記。

——尹成熙（作家）

這部小說的優點在於將青少年的生活與心理刻劃得栩栩如生，彷彿就在眼前上演。教室是社會的縮影，孩子們在人際關係中經歷錯綜複雜的難處，絕對不亞於成人在社會上所面臨的問題。

——李琴虓（作家／《有真與有真》作者）

在青少年小說徵選大賽中，即便作品集眾多優點於一身，若是忽略了青少年才是核心主體，就很難脫穎而出。而這部小說不但是參賽作品中最深入鑽研青少年心理的，同時也是由青少年主動解決自身問題，因此獲得了評審的一致肯定。

——金寶英（作家／《物種源始》、《我等待著你》作者）

光是明白自己遭遇了什麼、為什麼會感到痛苦，就能為承受傷痛的過程帶來莫大的力量。此外，知道不是只有我曾經歷這種痛苦，除了我，也有許多人基於相似的理由受到傷害，也會帶來莫大的力量。

與其提出拙劣的解決之道，不如傾聽、並給予共鳴，更能帶來力量，而我就在這部小說中看見了那種力量。

——柳永真（兒童青少年文學評論家）

contents

目次

分班地靈靈

看到了吧？看看我現在這窘境，怎麼辦！我該怎麼辦?!

我看著亞藍和秉熙，用兩手食指比了個叉叉。或許是看懂了我用全身傳達的話語，回頭看我的亞藍和秉熙露出很微妙的表情。我無法得知那是同情還是什麼，超級忐忑不安，就像搭上自由落體那樣，心跳頓時漏了一拍。

一如往常，迎接新學年的到來總有許多煩惱。我算是不安感偏重的類型，所以沒有什麼方法是我沒嘗試過的。祈禱？當然要啦！

我的血型是O型，個性卻是超級內向的A型。您知道這種個性有多敏感，又有多容易受傷吧？要是我在分班時碰到炸彈，我會死翹翹的，請您救救我吧！

雖然我不懂祈禱的確切方法，但仍將迫切的心情寫在了部落格上。可是這世間的神明只傾聽了我的部分祈禱。結業式那天公布了結果，雖然和美昭、雪娥不同班，但我和秉熙、亞藍在同一班。我心想，要是我們五個都能在同一班就好了，但能怎樣呢？分班也不是我們想怎樣就能怎樣的。至少這是我第一次和亞藍、秉熙同班，也算是幸運了。

從上禮拜開始，每個論壇都上傳了許多關於分班的文章，像下面這篇就是幾天前的熱門文章：

從今天開始跟著我唸吧——分班地靈靈！
大家留個言再走吧，祝大家分班都能如願！

去年的咒語是「天靈靈」，今年改成了「地靈靈」。下面有超過兩百則留言，我也在那篇文章點了推薦，並且小心翼翼、誠心誠意地寫下了留言：

—分班地靈靈！如我所願！

為了以防萬一，昨晚我又多留了一則：

——分班天靈靈！

能和亞藍、秉熙同班就已足夠感激涕零了，但我還需要更多祈禱。這世界可不是那麼好對付的，說不定我會遇到怪咖班導呢，而且我超討厭的人也可能擠進我們班，要是一個不小心，搞不好這一整年就要跪著走完了。

「好！現在兩兩一組，互相打個招呼吧。」班導說。

可能是祈禱發揮了作用，我遇到了很不錯的班導。他去年是負責二年級的國文，學長姊都說是位好老師。

「嗨。」同桌的同學說。

「……嗨。」我在打招呼的同時，這才和同桌對上了眼，頓時心跳漏跳了一拍——

盧恩宥！我的同桌竟然是盧恩宥！秉熙和亞藍正忙著和自己的同桌打招呼，完全沒空理我。

班導的話在我耳朵外頭嗡嗡打轉，我似乎隱約聽到了什麼臨時班長，還有二年級班導之類的詞，但都被彈到我的腦袋之外去了。我只覺得天旋地轉，往後我該怎麼在這撐下去……

這時，坐在我前面的男生猛然舉起了手。是金時厚，他去年和亞藍同班。

「老師，什麼時候才能換座位？」

哎喲！這正好是我想問的問題呢。

「咦？你是對我有什麼不滿嗎？」時厚的同桌大聲問道。

「沒有啦，哎呀，我只是好奇嘛！」

時厚看著自己的同桌露出大大的笑容，他的同桌也跟著笑了。

「老師，這個座位表會一直維持下去嗎？還是會以一個月為單位換位置？」時厚再度詢問。

這時，班導推了推眼鏡說：「這個嘛，老師還在想，看是一個月好，還是一個學期好。」

這時亞藍舉起了手。

「星期五不能看自己想坐哪裡就坐哪嗎?也會有想跟自己喜歡的朋友坐在一起的時候嘛。」

對嘛,果然亞藍很懂我的心情。包括秉熙在內,我們三個人應該輪流坐在一起。我懷著一絲期待盯著班導。

「不行。」班導的表情非常果斷。

這下怎麼辦!往後一個月我死定了,要是運氣很背的話,就會是一學期!仔細想想,這件事也沒有到會死的程度。只因為跟討厭的人坐同桌就死翹翹的話,世界上還會有幾個活著的國中生啊?只是……啊!真是生不如死,偏偏這人不只是討厭的人,而是盧恩宥啊,盧恩宥!

對我來說,朋友真的很重要,就跟媽媽一樣重要。亞藍、秉熙、美昭、雪娥和我,我們是好朋友,我們甚至還開了「五手指」聊天群組。其實我在小學五年級時曾經有點被排擠,六年級也短暫經歷過,後來才遇見這群朋友。沒有這些朋友的人生,我完全無法想像。

可是我們五手指的心目中有個「市民國中討厭鬼」名單,第一名是黃孝靜,第二名就是盧恩宥，從第三名開始就是看情況，經常變來變去。

討厭孝靜的同學多到不行。如果你要問為什麼，還不是因為她總是對老師們笑咪咪的，而且只會在男生面前裝親切，明明不是模範生，卻總是穿很長的裙子。還會為了突顯自己的存在感，說話很大聲又愛裝可愛，用一句話來形容，就是很倒胃口！

就是這樣，孝靜不只對老師，對任何人都笑咪咪的。有人天生眼睛就會笑，孝靜恰好就是如此。只對男生裝親切？這完全是合理懷疑。經常有人看到孝靜和男生們走在一起，可是我覺得是男生們只要碰到孝靜就會咧嘴笑得像傻子一樣，率先跟她搭話。穿著沒有改過長度的校裙，其實也適用在我身上，所以我無話可說。儘管時尚專家都強調，像我這種腿短的人就得穿迷你裙，可是我不喜歡，要是露出大腿，感覺就會更突顯我的一雙短腿。還有，孝靜並不是想刷存在感，而是原本講話就比較大大咧咧的。

因此我的結論是：孝靜並不是因為我列出的理由而討人厭，其實另有原因，就是孝靜長得很亮眼。

也不是漂亮的人就會成為公敵，就算長得漂亮，也可能在同學之間成為人氣王。

只不過性格好又瀟脫，又沒有用全身表現出「我絕對不會裝漂亮」的話，那就會被盯上——不管是公然霸凌，還是隱約排擠。

孝靜個性瀟脫，又有點難捉摸，才會被擁有銳利鷹眼的大家逮個正著。她看起來就像是對自己長得漂亮這件事心知肚明。我那票朋友說，把校裙穿得很長代表著一種自信感，知道自己無論如何都會鶴立雞群。看起來瀟脫？也是在作秀啦。

總之，黃孝靜似乎是沒有任何自卑情結的人，她既不看誰的臉色，也不會表現得小心翼翼，所以我也討厭黃孝靜。討人厭第一名沒有在我們班，實在是萬幸。

可是，長得不怎麼漂亮的盧恩宥為什麼會登上討人厭第二名呢？因為英語發音很棒？很多同學在看了參加英語演講比賽的恩宥之後，都不禁讚嘆：「哇！盧恩宥，妳的舌頭也太靈活了吧！」但在我們學校像恩宥一樣擅長英語的人有好幾個，那些人並沒有在討人厭名單上，而且恩宥也不是會四處惹事生非的個性。但我的那票朋友說：

「盧恩宥太常在下課時間睡覺了，她根本就是討厭學校，在瞧不起我們學校。」

「不管問她什麼，她從來就不會立刻回答，是覺得我的問題很可笑嗎？」

「吃血腸和雞爪時是怎樣？都可以看到她一臉嫌棄樣了，現在是故意假裝自己很能吃嗎？」

「你們知道她的體育服會散發洗衣粉的味道嗎？看來他們家洗衣服時都沒有用柔軟精吧。」

總之啊，我的朋友們討厭恩宥的理由百百種，真正的理由我倒是不太清楚。相較於黃孝靜，好像只有我們討厭恩宥，仔細想想，除了我們之外還真的沒有。

盧恩宥為什麼會惹人嫌呢？那有什麼重要的，反正難免會有討厭的人嘛。總之，我的那票朋友超級超級討厭的人和我成了同桌，我真是快瘋掉。

直到第六節課結束，我和恩宥一句話也沒說。不知道是不是我的不高興表現得太過明顯，恩宥也沒跟我搭話。時厚則是下課時間就會轉頭跟恩宥交談，去年就同班的兩人好像很熟。時厚似乎很善於社交，跟新認識的同桌也有說有笑的。

我一下課就和亞藍、秉熙跑到走廊上聊天，午休時間也沒吃飯，跑去了運動場。

終於熬到了放學，我和亞藍、秉熙一起走出校門。

「我該怎麼辦！好像有顆炸彈砸到我的腦袋。怎麼辦？又不能轉學。」我觀察著兩人的神情這麼說。

「班導是不是瘋啦？聽說去年就有讓學長姐跟自己想要的同學坐同桌耶。」亞藍嚼著口香糖，不滿地說道。

我們越過斑馬線，往文具店的方向走去。和煦的微風吹了過來。因為日夜溫差大，所以我穿了羽絨外套出門，但現在覺得有點熱。

「無解。就當自己死了，撐一個月吧。」秉熙說。

我們打開文具店的大門，因為才剛開學，裡面擠滿了人。

「如果不是一個月，而是一整個學期都同桌，你要怎麼辦？」亞藍盯著我說，眼神冷冰冰的。

我頓時變得畏畏縮縮，什麼都答不出來。

「是啊，就算坐在一起一天都討厭吧？一定快瘋了吧。」

「就是啊，怎麼辦咧……」

「一定痛苦死了。怎麼會發生這種事？我就連跟盧恩宥同班都要起雞皮疙瘩了，多賢偏偏剛好跟討人厭第二名變成同桌，真是太衰了！」

我靜靜聽著亞藍和秉熙你一言我一語。但真正急得像熱鍋上的螞蟻的人是我啊，我！我很想這麼大喊，但最後還是忍住了。

「多賢！妳就看情況忍一個禮拜，再跟其他同學換座位吧。我小學六年級時就這樣，當時我的同桌，唉，就是黃孝靜嘛，我又不是腦子壞了，怎麼可能跟那種人坐一起？所以我就自己跟其他人換座位了，班導也裝沒看到耶。」

聽亞藍這麼說，我彷彿看到了希望。

「應該不行吧。剛才班導不是說，不會放任大家隨便換座位嗎？還說目前正在努力寫同桌配對程式。」

秉熙在我的最後一絲期待上頭潑了桶冷水。班導有說那種話喔？也是，畢竟我一整天都呈現呆滯狀態，班導說的話聽起來就跟背景音沒兩樣。

我買了兩個活頁資料夾、十個L夾、兩個口紅膠、透明膠帶、修正帶、三枝簽字筆。我一邊看著亞藍和秉熙寫在手背上的備忘錄，一邊挑選文具用品時，突然心頭一驚。現在流行在手背上寫備忘錄，他們應該不會因為我沒這樣做就說什麼吧？亞藍算是會把一起做這種瑣碎小事看得很重要的人，可是我的手很容易出汗，字體一下就糊掉，又不能用簽字筆寫，所以就放棄了。

我們在結帳櫃檯前排隊，有個男生站在我們前面，看他的校服還很寬鬆，應該是新生。這個可愛的傢伙，往後要怎麼熬過險惡的國中生活呢？

走出文具店後，我們朝社區的方向走。和朋友們在一起時，我會穿過社區回家。在社區入口可以看到賣烤全雞的小貨車，香噴噴的味道真是讓人垂涎欲滴。就在這時──

「喂~朋友們！」

是熟悉的聲音！轉頭一看，是美昭和雪娥。我們五個偶然在街上相遇了！大家高興得在小貨車前蹦蹦跳跳。

「多賢小姐！我已聽聞消息，您必然是傷心欲絕吧？」美昭輕輕拍打我的背，俏皮地說。她到現在還沉浸在最近剛播完的歷史劇，難以出戲。

「哎呀，朋友！妳不用太傷心，我也跟某個魯蛇變成了同桌，人生就是這樣嘛！」雪娥的口吻也像個歷經風霜的老人。

聽到朋友們的安慰，我的心情好了許多。

「要不要在這買個烤雞，到我家去玩？」秉熙帶著閃閃發亮的眼神說。

「我還要去補習耶。」

「我也是。」

「那下次吧，其實我也得寫補習班的作業。」

面對朋友們的拒絕，秉熙很爽快地就接受了。

「不過倒是可以玩個半小時左右。不然我們到公園去？」亞藍提議。

天氣很好，這個提議聽來很完美，大家紛紛贊同，決定往公園的方向去，我卻沒辦法再跟他們同行了。

因為肚子傳來了訊號，是沒辦法忍的那種，我必須趕緊去找廁所。我匆忙跟朋友們打了聲招呼，就往家的方向疾行。天空一片黃澄澄的。我實在沒辦法走入店家的廁所，再這樣下去，我就要在街上出糗了。

我把力量全部集中在屁股上，像隻企鵝般踩著碎步前行。只要是學期初，我就經常發生這種情況——腸躁症。雖然去看過內科，也吃了韓藥，卻不見任何效果。整個腦袋熱烘烘的，豎起尖刺的細胞讓全身都緊繃起來。

在短短的幾秒鐘內，我的腦袋出現了各種念頭。要不要叫一一九？應該不行吧，如果因為這種事就叫一一九，根本是在浪費資源，我可能還會因為妨礙公務而遭到逮捕。真是要瘋掉。復仇者聯盟！請幫幫我吧！我為什麼天生就有這麼一副沒抗壓性的身體呢？

眼前出現了兔子糕點店。我有救了！只要過了轉角再走十步，就是我們家了。

五分鐘待命組

一走出廁所，我就傳訊息給朋友們：

—我辦完事啦，你們現在在哪？我要過去嗎？（下午3：42）

十秒後雪娥傳來了答覆：

—公園！我們馬上要分開了，要去搭補習班的接駁車，您可以不必來啦，呵。下午3：42

—是喔，哈哈，去補習班要好好聽課喔。（下午3：43）

我又傳了各種貼圖，但沒再收到任何答覆。其實也沒什麼，我卻有點失落。嗯，沒關係，反正最後一則訊息向來都是我負責的。

聽到可以不必再出門，我很放心地沖了澡，還一邊洗頭，一邊唱起歌來：「我不再去搶劫水產店。哭得傷心欲絕的日子，我是隻身一人。如今我會前去大海，以蜘蛛織網去捕魚！」

我盡情拉開嗓門高歌，與傾瀉而下的水聲混雜在一起。這是搖滾樂團Cherry Filter的〈浪漫貓咪〉，也是我的非公開部落格「櫻花蝦」的背景音樂。我經常更換背景音樂，除了這首歌，也上傳了許多好歌，還有我讀書發現的佳句或我拍攝的社區風景。櫻花蝦是我唯一能暢所欲言的空間，當然了，是非公開的。我靠著寫部落格，度過了二月的不安。

不光是我，到了二月，同學們就會因為分班問題而壓力破表，所以才會創造出什麼天靈靈、地靈靈的咒語吧。每到新學年就會蔓延開來的恐懼成為現實，原本一起唸咒語的同學們也會各自改變立場，有些人覺得沒魚蝦也好，有些人則是陷入恐慌。

沖完澡後，我從冷凍櫃拿出炒飯，放進微波爐。媽媽會事先做好泡菜炒飯和蒜味雞炒飯之類的，分成一人份裝進容器，再放進冷凍櫃，方便我隨時拿出來吃。

等待微波爐加熱的時間，我用吹風機吹乾了頭髮，嘴上依然低聲哼著歌，但唱到「我是隻身一人」時稍微提高了音量。歌曲真是奇怪，要是大喊「我是隻身一人」，就會覺得這好像也沒什麼。這時某種領悟突然掠過腦海，明白了為什麼我的分班很成功，分配座位卻搞砸了。

我看應該是唸錯咒語，犯下了大忌。我應該寫「分班地靈靈」的，卻連「天靈靈」都寫了上去。就是因為寫了去年的咒語，結果才會一塌糊塗。

就在這段時間，蒜味雞炒飯已經熱好了。我取出熱騰騰的炒飯，淋上番茄醬。果然是腸躁症在作祟，如果是腸炎引起的腹瀉，才不可能一下就肚子餓呢。對了！仔細想想，我在學校時沒有吃午餐。

因為學生餐廳整修，這學期都要在教室吃午餐，而且不能移動座位。自從去年有人在學生餐廳大打出手後就變成這樣了，為了這件事還召開了校園暴力委員會，甚至上了青少年網路新聞版面。

亞藍和秉熙都在自己的座位上吃午餐，我則是完全無法坐在恩宥身旁吃飯。別無他法，只好一個人跑去運動場，才會搞得飢腸轆轆。

用湯匙舀飯之前，我先用手機拍了照，傳到五手指群組。

—上傳轉換心情用、令人食指大動的食物照，是媽媽牌蒜味雞炒飯，可不是為了

火上澆油才上傳的喲，嘻嘻嘻。被砸到分班炸彈的雪娥也加油，我們就忍耐一個月吧。♡（下午4：12）

我一邊滑手機一邊吃飯，打開了音樂播放清單，本來打算聽〈浪漫貓咪〉，但另一首歌曲忽然映入眼簾，是聲樂歌曲〈當春天來臨〉。這首歌最好聽男中音版本，我按下了播放鍵。

聽著聲樂，心情也跟著輕鬆起來，可是要是說我喜歡這種歌，十之八九會被嘲笑，又不是打算讀古典樂科系。而且要是知道有人喜歡聲樂，大家就會這樣說——

「認真蟲！」

意思類似的還有「老古板」。覺得眾人皆醉我獨醒、自命清高、獨善其身、自以為很行時，人家就會說：「你很老古板耶。」

我經常聽別人說我是認真蟲，雖然最近我算是比較克制了，但還是做了不少老古板的舉動。我也承認，光是我在用現在的孩子幾乎不會用的部落格就是其一。在朋友們眼中，我的喜好非常老派，想法猶如老古板。也因為這樣，除了部落格，我根本無處吐露自己的想法。

當然，除了我，還是有人在經營部落格，也有人經營美妝部落格、電玩部落格。三年級學長的歷史部落格就赫赫有名，但那些部落格提供了很有用的特定資訊，所以累積了一定的人氣。我的部落格就不同了，櫻花蝦的主題就是我，金多賢。我的部落格首頁上的介紹是這樣的：

我在外公外婆家第一次看到了櫻花蝦。在長滿水草的水族箱內，有一群只有我指甲大小的紅色小蝦子。我覺得牠們游泳的模樣好美，雖然小小的，看起來很柔弱，卻是無比堅韌的生命體，跟我很像，嘻嘻。

用膝蓋想也知道，要是其他人看到我的櫻花蝦部落格會有什麼反應，所以我設為非公開，但偶爾又會想要反抗。眾人皆醉我獨醒、自命清高，這個標準到底是誰制定的？只要看誰不順眼，就會給那人貼上老古板、認真蟲的標籤嗎？喜歡聲樂不行喔？喜歡ＫＰＯＰ就是愛國，喜歡聲樂就是認真蟲嗎？我很想不顧一切地吶喊，而且是對著學校廣播室的麥克風，這樣一來，我應該會立刻榮登全校的邊緣人寶座吧。啊！可是我實在好想對每件事都用這種方式頂嘴喔。

我是在小學五年級時，第一次聽別人說我是認真蟲，當時我用的手機鈴聲是聲樂歌曲〈在那戶人家前〉。大約唱到「來回經過那戶人家前，我也會基於懷念而偷偷駐足」時，我就會接起電話。

如果對方是大大咧咧地說：「原來你是認真蟲啊！」可能還比較好。當時我有幾個要好的朋友，也不是只有一個，有時三個，有時五個人一起玩，但不知道從什麼時候開始，我感覺到一股異常的氣流。好比說，我們之間會有這樣的對話：

「A，妳的外套是黃色的耶，韓國人適合穿黃色的實在沒幾個，但妳穿起來好好看喔。」「B，妳都把衣服穿得很時髦，懂得配色穿搭的品味，那可是與生俱來的。」「我真的好羨慕C有雙長腿，個子高又有什麼用？比例才重要啊。」

也就是說，其他人互相稱讚時，在場唯獨我被漏掉。而且「個子高又有什麼用」感覺說的就是我，因為腿短個子高的人正是我。

那是去戶外教學的日子。班導沒特別規定什麼，所以大家就隨意坐巴士的座位。

最先上巴士的A和B坐在一起，C和D隔著走道並肩坐著，後頭因為有其他同學坐了，我只好跑到最後面的座位。別人以為我和A、B、C、D很熟，所以也沒人想跟我坐。在巴士上我一直坐立不安。到了博物館，他們四人也都一起行動，而我也無法繼續待在那些裝作沒看到我的同學旁邊。

我很彆扭地跟在三五成群的孩子後頭，文化導覽員在說些什麼，完全進不到我的耳朵。我心想，我是被排擠了嗎？還是被當透明人？但不管是被排擠或被當成透明人，還不是半斤八兩。

因為沒人可以聊天，我的腦袋轉個不停。我要報仇嗎？要乾脆在祖先文物前自盡，然後變成木乃伊躺在展示館裡嗎？在遙遠的未來，當A、B、C、D看到變成木乃伊的我，肯定會悔不當初吧？就算她們沒看到也無所謂，要是後代子孫能看著我並領悟到，「嗯，排擠別人的人都不是好東西」就好了。

回家之後，我無法成眠，整個週末我仔細地想了又想，之前的確是有跡可循。九月是A的生日，所有人都傳了生日祝賀訊息給A，可是十五天後我的生日卻沒人記得。校慶時她們也都自己玩，我是後來才知道的，卻不敢開口問她們為什麼沒有找我。是因為她們住同一棟大樓，只有我住在很遠的住宅區嗎？還是那天我的手機秀逗了？

週一去學校時，A、B、C、D四人坐在後頭座位。我一打開教室門，D悄悄瞥了我一眼，接著就繼續講她們的。我鼓起勇氣走向她們。

「我現在是被當成透明人了嗎？」

我單刀直入地問了，A、B、C、D四人都明顯慌了手腳。

「哎呀！什麼透明人？」

「哪有可能，我們幹麼當妳是透明人？」

「多賢，趕快過來坐，我們正在聊《草莓公主去紐約》，妳知道這個嗎？就是有一個時光倒流的網漫，是朝鮮時代的公主掉到紐約的故事。」

我一個人胡思亂想了許久，但看到大家熱情回應，感覺眼淚就要掉下來了。我把書包放在座位上，坐在她們旁邊。因為我沒看網漫，只能默默聽她們說，內心卻充滿感激，覺得自己逃出了地獄。

午休時間，她們的話題還是在草莓公主上打轉，但我沒看過，所以完全沒有插嘴的餘地，直到D像是突然想起什麼似的瞄了我一眼，然後對其他人說：

「我說啊，不覺得多賢很像阿妮卡嗎？」
「真假！對耶，真的。」
「根本一模一樣。」
「網漫作家是看著多賢，才創造出阿妮卡這個角色的吧。」
大家你一言我一語地，咯咯笑個不停。奇怪了，這微妙的氣氛是……？
回家後，我付費看了《草莓公主去紐約》，終於知道了阿妮卡是什麼樣的角色。阿妮卡是住在紐約後巷的白種女人，是當草莓公主迷迷糊糊掉入紐約後，敲詐勒索草莓公主的反派。她是個只聽古典樂的超級白目，對古典樂明明一知半解，卻很愛瞧不起人，還老愛下指導棋……居然說我和這樣的阿妮卡一模一樣？
隔天我沒去學校，後來更缺課了一個禮拜。我得了重感冒，雖然去附近的小兒科看了醫生，但因為一直發燒嘔吐，媽媽非常擔心我。
才短短幾天，卻度日如年，就算重回學校，我也無法再走到那些同學身邊了。那時，主動靠近我的人是權雪娥。後來雪娥才告訴我，A、B、C、D說了我什麼，她們說我明明又不漂亮，還老是擺出聰明漂亮的人才有的姿態，個性不怎樣、長得又不漂亮的人還這種態度，真是可笑，真不知道我這種莫名的自信是打哪來的，令人倒盡胃口。

我彷彿晴天霹靂。等到衝擊稍微消退後，便徹底接受了那些話。是啊，我確實有那一面，我承認，百分之百承認！當時的我太愛出鋒頭了，明明沒那本事，數學課時卻老是舉手，要是剛好讀了什麼書，就會一個人興奮的說個不停。雖然我沒有敲詐勒索誰，但我跟阿妮卡這個角色好像滿像的。

可是那些同學居然還用侮辱性的字眼說我媽媽。她們說，經營一間鼻屎大的烏龍麵店、打扮一身土氣的大嬸，卻聽什麼古典樂，不覺得很不搭嗎？

這就太超過了吧。我好想跟那些人說，我承認我這人很倒胃口，但媽媽之所以穿著土氣，是因為沒時間外出添購新衣，難道穿著土氣的大嬸不能喜歡古典樂嗎？光顧烏龍麵店的客人也喜歡店裡播放古典樂啊。

但我沒有說出口，那些人才不會為了我特地張開耳朵。

飯吃到一半時，電話鈴聲響起。

「亞藍，這時間打來有什麼事？」我高興地大喊。現在應該是亞藍抵達補習班的時間。

「怎麼辦？多賢！我想拜託妳一件事。」亞藍聽起來很著急。

「怎麼了？發生什麼事？」

「我完蛋了！妳能不能去我家幫我拿英文教材？因為我沒回家就直接來補習班，所以沒帶到教材。現在快要上第一堂課了。呃啊！就算妳用飛的，第一堂課之前也趕不過來吧？那只幫我拿聽力教材就好。妳能幫我嗎？」

「好啊，我幫妳拿，不過我不知道是什麼樣的書耶。」

「聽力教材就在我書桌上，是紫色的，一眼就會看到，我會先跟奶奶說妳會過去。」

掛斷電話後，我穿上外套，本來想清理吃到一半的飯，但我怕會遲到，所以就先擱著。內心也急躁起來。下樓後我開始狂奔，只要在兔子糕點店前面轉個彎再走五分鐘，就是亞藍家的超市了。

我甚至不必跑到亞藍的房間，一走進店裡，亞藍的奶奶就把教材遞給我說：「快去！」

這果斷的命令語氣讓我嚇了一跳，但我還是恭敬地向亞藍的奶奶道別後，再次開始奔跑。搭公車的話，三站就會到亞藍的補習班。

搭上公車我才發現，沖完澡之後我只擦了乳液。我的臉蛋突然發燙了起來。啊！我的雀斑！

拜我那些從眼下到蘋果肌上方的滿滿雀斑所賜，我出門時絕對少不了ＢＢ霜。儘管學生部長恐嚇，要是化妝來學校就會給予嚴懲，但大部分同學至少都會擦ＢＢ霜。我只有偶爾才會化眼妝或唇妝，但ＢＢ霜是不可或缺的。剛才是亞藍聽起來很著急，我才一時分了神。早知道就戴個口罩出門。

我下了公車，進入補習班大樓。站在電梯前的我把頭垂得低低的，心臟也噗通跳個不停，就怕遇見認識的人。要是有人問我來這幹麼怎麼辦？我不想說自己是趕來替亞藍送書的。

我傳訊息給亞藍：

—我到了！該去哪邊找妳？（下午4：55）

隨即就收到了回覆：

—現在上課中！交給櫃檯就好，謝謝。^^（下午4：55）

—不會啦，反正我正好要外出。^^（下午4：56）

我搭電梯上樓，幸好在上課中，所以走廊上一個人影也沒有。我來到櫃臺。

「我是宋亞藍的朋友，想把書寄放在這邊。」我用螞蟻般的音量說道，感覺到自己身上冒了汗。

「放著吧。」一個身穿時髦套裝的女人用機械式的口吻說道。

我打開門走出補習班，後腦杓突然刺痛到不行，那個口吻聽起來就像在嘲弄我：哎喲！看看這孩子，居然還替同學跑腿，真是沒出息！

好想躲起來，假如有瞬間移動的能力該有多好？我只想趕快回家。

回家後，我先把剩下的飯吃完，用微波爐重新加熱後依然很美味。我還吃了媽媽煮好放涼的馬鈴薯，可是肚子依然感到空虛。於是我又煮了放一堆青陽辣椒和辣椒粉的泡麵，呼呼吹著熱氣大口吃下，但實在太辣了，整顆腦袋彷彿著了火似的，讓我頭暈腦脹，但我還是把熱湯喝得一滴不剩。

吃完後，心情依然很差。亞藍的奶奶為什麼那樣對待我？不是至少該說聲謝謝嗎？竟然叫我快點去！我難道是替亞藍跑腿的僕人嗎？覺得可以不把我放在眼裡？

我突然心頭一驚。我不該這麼想的。這哪是跑腿啊，只是幫有困難的朋友一個忙而已，才不是跑腿。是啊，好事就是好事，就不要太計較了吧。

五年級的那個事件之後，我又經歷了幾次類似被當透明人的狀況，還有猶如標籤般緊緊貼著我的評語，像是自以為是、斤斤計較。

我想說出我的想法，也想大方炫耀我的長處。我搞不懂，為什麼人類就必須要謙遜，那不是偽善嗎？但在那之後，我再也不搶鋒頭了，也想盡辦法不要看起來與眾不同，就算想據理力爭，也會在脫口而出之前先把想法咕嚕吞下肚，在學校時，我也只聽流行歌曲。

上國中後再次遇見權雪娥是我的幸運，因為雪娥讓我加入了屬於自己的團體。亞藍、秉熙、美昭都是我見過卻不認識的同學，她們卻大方接受了和雪娥同班的我。

我們每天都像在過慶典一樣，五個人總是黏在一起，所以沒人敢對我怎樣。就算有時突然想追究或炫耀什麼，但我每次都會克制自己，告訴自己上學時就已經把靈魂放在家裡，以後不會再有這麼一群珍貴的好朋友了。

可是在我下定決心當個乖乖牌後，又碰上了其他問題。看來對某些人而言，我似乎很好欺負。

晚上等媽媽下班，我要不要也說我想去上補習班？亞藍的奶奶說不定是因為我沒上補習班才輕視我。大人都覺得不上補習班的孩子不是成績吊車尾，就是家境貧困。我沒有自信能打破大人那種根深蒂固的偏見，但也討厭被輕視。只要我開口，媽媽一定會舉雙手贊成。

其實以前我就曾在媽媽的要求下去補習，但那時的補習班對我來說比學校更令人退避三舍。我無法接受補習班按照成績分班，雖然那有可能有效提升成績，但我的成績反而在開始補習後退步更多了。

最重要的是，對我來說朋友比成績更重要，要是我開始補習，當亞藍像今天一樣面臨困境時，我就沒辦法幫她了。

可疑的對話

真是度日如年，就算只和亞藍、秉熙玩還是有限，畢竟下課時間短暫，她們也早就跟同桌混熟了，所以下課時我都趴在桌上，簡直是人間地獄。午休時間也好痛苦，搞得我一點食慾都沒有。

坐在我前面的海岡偶爾會跟我搭話：「多賢，妳討厭牛肉餅嗎？不吃的話可以給我嗎？」

竟然說我討厭牛肉餅，哪有可能！我只是想把喜歡的留到最後再吃，但先搭話的海岡令我感激涕零，所以我就裝作拿他沒辦法，把牛肉餅都給了他。

海岡很大聲地說：「太棒啦！謝謝。」

我很喜歡海岡這種個性。能毫無顧忌地說出謝謝或對不起的人其實沒有想像中多，即便是應該說出口的當下，大家也惜字如金，可是亞藍和秉熙很討厭海岡。

「海岡就是個魯蛇。」

「真的，他的聲音也像蚊子一樣細，超奇怪的，我看他成績也很爛吧。」

聽到這種對話時，實在很難跟著一搭一唱。光是討厭盧恩宥就已經讓我分身乏術了，現在還要加上海岡？是想叫我怎樣啊！

白色情人節那天相當熱鬧，因為美昭收到了心儀的男生送的糖果。那天，亞藍、秉熙、美昭、雪娥和我抱著祝賀之情聚在一起，連補習班也沒去。

「好好喔，好羨慕美昭。」秉熙用手指捲著自己的髮絲，連連說了好幾遍。

「哎喲，這才只是開始而已。」美昭開心地說。

美昭是會大方談論自己事情的人，雪娥也是，亞藍我就不確定了。亞藍很有主見，但很少說起私事，不過對別人的事倒是滔滔不絕。秉熙算是沒什麼主見，也幾乎不提自己的事，不過很擅長傾聽，我也一樣。我什麼時候才能跟朋友聊我暗戀的男生呢？知道鄭賢宇吧？其實我，喜歡那個男生。

在一起不管做什麼都很開心，我們從辣炒年糕小吃店玩到ＫＴＶ，把所有行程都跑了一遍，直到晚餐過後才回家。在連日的憂鬱中，那是猶如慶典般的一天。

國文課時，班導出了作業。我們學校參與了促進學校與社區互動的「洞校同樂」計畫，二年級要做一份社區報刊，期限是六月底。聽到要做社區報刊，我很開心，因為我的夢想之一就是成為記者，小學六年級時也曾經獨自製作過一份社區報刊。

「你們有見過這種作業是獨自完成的嗎？當然是小組作業。」班導說。

小組也由班導決定。換句話說，我和我的同桌盧恩宥、坐在正前方的金時厚和李海罔成了一組。

「這會列入學習成績，所以大家要拿出誠意。對了！這也會頒獎表揚喔，要是我們班獲得最優秀獎，應該會超棒的！不過說到小組作業，一定會有人混水摸魚、想搭順風車，老師可不會眼睜睜看這種事情發生喲。」

「那老師就把眼睛閉上嘛！」

海罔的話明明不好笑，大家卻笑成一團，就連班導也露出無奈的苦笑。至於我，則是心煩意亂到連笑都笑不出來。一到下課時間，金時厚就轉過頭。

「放學後立刻集合吧，今天有學生家長會，會提早放學。」時厚語帶悲壯地說。

對於夢想進入全國不分區獨立私校的金時厚來說，學習成績相當重要，要是還能一舉得獎，等於是多了一項如虎添翼的經歷。

「好耶！好開心，我們要在哪集合？」海岡興奮地問。

拜託，海岡到底是在開心什麼啊？

「要是沒有合適的地點，要不要來我家？」

盧恩宥說的時候，偷偷瞄了我一眼。幹麼要瞄我啊？時厚和海岡立刻就說好，這時上課鐘聲響起，沒有回答的我也就敷衍了過去。

絕對不要和恩宥講話。這是我們五手指心照不宣的約定，可是現在我跟她成了一組。該怎麼辦？如果要製作社區報刊，就需要朋友們的許可。

下課時間，我把亞藍和秉熙叫到走廊上。

「幹麼去啊？不要去。」亞藍氣得直跳腳。

「這是作業耶，不去怎麼行？」

「不要去就好了啊，要是他們說什麼，就說妳去看牙醫。」秉熙也在一旁幫腔。

「是要叫我說謊嗎？」

「只是叫妳隨便掰個理由。」

「金時厚真的很可笑耶，一說到學習成績就徹底昏了頭。我們小組都說好直接在群組聊天室解決了，只要把自己負責的部分寫好上傳不就行了？為了一個學習成績，他也太誇張了吧。總之啊，只要跟盧恩宥扯上關係的人都會變得怪裡怪氣的。」

亞藍激動得都口不擇言了。她都說成這樣了，小組集合的事根本連想都不要想。

「我今天沒辦法去，我要去看牙醫。」

走進教室時，我想到的藉口就只有這個。連核桃都可以直接咬碎來吃的我，竟然要去看牙醫。時厚直勾勾地盯著我，是我說謊露餡了嗎？

「喂！我也要寫補習班作業啊，牙醫不能晚點再去嗎？」時厚貌似遺憾地反問。

就在此時——

「幹麼這樣啊？多賢就說已經約了牙醫啊。」在另一頭的亞藍拉高音量喊道。

呃啊！亞藍為什麼要出面？真是要瘋掉。

放學向老師敬完禮後，我就火速離開教室。既然話都說出口了，必須得先往牙科的方向走。我的後腦杓就像著火般灼熱，但我一次也沒有回頭看。

我走過一個路口，經過了居民中心的大樓。在連翹花盛開的公園內，男生們放下書包在玩籃球，有屋頂的涼床上沒有半個人。等到天氣再暖一些，附近的爺爺、奶奶們就會來這玩花牌了。

我迅速穿過斑馬線，飛也似的走過流蘇樹林蔭道，接著轉進了超商的巷子，看到牙科診所就在眼前。呼！這才雙腿一陣發軟，總算能安心了。

我突然感到愧疚。為什麼非得做到這一步不可？我能躲盧恩宥到什麼時候？而且我也沒有半點想在小組作業搭便車的念頭。

我拖著沉重的腳步走進牙科診所在的商店街。其實這裡是我很喜歡的地方。這棟大樓的一樓有整片落地窗的咖啡廳、麵包店、花店和藥局。不管何時，只要靠近商店街，就會散發出大蒜麵包、花香、炒咖啡豆的香氣交融在一起的溫暖味道。偶爾要是來買麵包，我還會刻意多繞上幾圈。我突然有了個好主意！要是能把這寫進社區報刊就好了，好比說探訪社區商店之類的。

六年級製作社區報刊時，我也寫了「社區美食探訪」，內容是採訪學校周邊的辣炒年糕店和小吃店後分析餐點的味道。寫文章並不難，因為相較於味道本身，我把文章焦點放在為我留下珍貴記憶的場所。

都來到這了，我打算順便去上個廁所，幸好牙科所在的二樓洗手間是開放的。我在廁所心想，該在這裡多待幾分鐘再走嗎？說謊好難，要配合謊言生活就更難了。

我慢條斯理地洗完手，看向鏡子。其實我很滿意自己的外表。就算有雀斑、腿短又怎樣？當然了，我並沒有把這種想法說出口。

我把雙手放在烘手機底下烘乾後，打開化妝包取出了梳子、吸油面紙和唇膏。我梳了梳頭，用吸油面紙吸掉臉上的油光，擦上了杏色的唇膏。

事情辦完了，這下該去哪好？

我無處可去，只好下了樓，仔細想想，家裡的吐司吃完了。於是我打開麵包店的大門，撲鼻的麵包香氣頓時令人飄飄欲仙。紅豆麵包、起司貝果、卡士達奶油麵包，想買的麵包實在太多了，不過我只有買一個麵包的錢。怎麼辦？該買吐司還是起司貝果呢？就在這時——

「喂！金多賢！」

我轉頭一看，發現這個喜出望外的聲音來自海岡，旁邊還有盧恩宥和金時厚。怎麼回事？我就像偷東西被逮個正著般全身發麻。

「這麼快就看完牙醫囉？」時厚問道，似乎沒有對我說要去看牙醫一事起任何疑心。

我趕緊轉動腦筋。「哦，因為等待的患者太多了，所以我就出來了，反正也不是很急。不過你們怎麼在這？」

令人意外的是，我的聲音聽起來很冷靜。

「我們打算來買幾個麵包。恩宥家剛好就在這前面的橄欖樹大樓嘛。」

「這下正好，那跟我們一起走吧。」海岡和時厚同時說道。

「對啊，一起走吧。」恩宥也開了口，這是她第一次主動跟我說話。

我內心某處的門閂悄悄鬆脫了。是啊，我也想參加小組討論，而且我痛恨用謊言逃避現實。我也很羞愧，究竟我為什麼非得做這麼卑劣的事情不可？還有，我也真的很想吃美味的麵包。可是我該如何跟五手指解釋呢？算了，就說我是迫不得已吧。

「哇！提前放學真是棒呆了，等下討論完要不要去網咖？海岡，一起去嘛！」時厚高興地大喊。

還網咖咧，不是說要寫補習班功課嗎？本以為他是個書呆子，真讓人意外。

我們四個人走出麵包店，沿著連翹花盛開的林蔭道走著，再過一個路口就是橄欖樹大樓了。

「我沒錢去網咖。」

「我有錢，今天我出錢。」

「噢！讚啦！那就謝啦。喂！提前放學真的很讚耶，我們建議學校經常舉辦學生家長會吧。」

「好啊，就由你去提吧！快點去建議。」

「你去啦！你打電話給校長。」

時厚說著，笑嘻嘻地從後頭勾住海岡的脖子。明明一點都不好笑，兩人卻看著彼此笑得很誇張。傻眼的我也跟著噗哧出來，正好和恩宥四目相交。恩宥也在笑。

「說到要向學校建議，我想起了一件事。去年我們班有個叫作建熙的同學。」海岡說。

「李建熙？跟那個財團會長同名？」

「嗯，可是他是叫朴建熙！」

「我們班有好幾個叫作妍兒的，對不對，恩宥？」

「她不是金妍兒，而是朴妍兒耶。」恩宥依然帶著笑意說道。

我也不自覺地盯著恩宥，兩人又對上了眼。我趕緊假裝在看恩宥後方的連翹花。

聽著大家說些傻裡傻氣的話題，不知不覺走進了橄欖樹大樓。這裡是我們這一區的有錢人住的高級大樓，就是種了春天會開出白花的櫻花樹，還有社區專用游泳池和圖書室的那種大樓。

恩宥家在七樓，我們把鞋子亂擺一通，走進了玄關。

這還是我這輩子第一次見到這麼寬敞的房子，海岡也忙著四處參觀，不斷大喊「哇塞！哇塞！」可是恩宥家跟電視上出現的華麗房子截然不同。寬敞的客廳看似應有盡有，但布質沙發顯得過於老舊，客廳的窗邊也只有空調和室內自行車，就連常見的香龍血樹盆栽也一個都沒有，能稱得上是裝飾的，就只有一個在客廳書櫃之間古色古香的時鐘。

牆上掛著盧恩宥幼兒園的畢業紀念全家福照，年輕的爸媽和兒時的恩宥笑得很燦爛，一家子看起來幸福洋溢。

「家裡有點亂吧？」恩宥說道。

「家人都沒人嗎？大人不在？」海岡說道。

「爸爸晚上才回來，幫傭阿姨一週會來三次，但今天不用來。」

聽到恩宥開朗的回答，海岡問：「那妳媽媽呢？媽媽在上班嗎？」

聽到這句話後，恩宥沒有作答，而是垂下了目光。啊！就是這個，只要問她什麼，總是很慢才回答，不然就是不回應。這是我那票朋友討厭恩宥的理由之一。

「喂！先吃東西再討論吧，我的肚子在吵著要吃麵包了。」時厚大聲插嘴。

我們坐在客廳桌前，三兩下就把買來的麵包吃個精光。海岡似乎意猶未盡，把空麵包袋裡的碎屑都倒到嘴裡。

「要吃辣炒年糕嗎？」恩宥問。

「好啊！」

「有辣炒年糕嗎？」

「我馬上做給你們吃。」

見大家面露喜色，恩宥去了廚房，我們也紛紛靠了過去。恩宥從冰箱取出年糕。

「很快就好了，只要把年糕和醬料放入平底鍋煮熟就行了。」

是真的。恩宥以熟練的動作瞬間就完成了辣炒年糕，而我們則以光速清空了它。接著一邊吃草莓，一邊天南地北地聊了起來。

一直都是這樣，說是聚在一起做功課，最後都在閒聊。討論作業的時間不知道有沒有占聊天的百分之十。吵著要立刻集合的時厚還是最聒噪的一個——剛開始啦。

老實說，後來都是我一個人講得興高采烈，晚上睡覺時我肯定會後悔得狂踢棉被。真不曉得我為什麼會那樣？是擔心說要去看牙醫的謊言，以及對恩宥有顧慮的心思被發現嗎？還是被沒辦法聊天就死掉的鬼附身了？總之，不經大腦過濾的各種胡言亂語全都出籠了，我從來就沒有在任何場合說過這麼多話。

這都要怪他們。

「我也算是小有名氣嘛，畢竟剪了男生頭。」

聽到我這樣說，時厚立刻就回答：「對啊，妳的男生頭很有名，我也聽別班的人說過。」

真的假的？我只是開玩笑的，結果卻說我很有名？我還是頭一次聽說。

「那時我跟一個男生搞曖昧，可是兩人卻沒有結果。明明一開始是那個男生先喜歡我的，可是等到我靠近之後，他又變得很冷淡，居然搞欲擒故縱那套。我覺得很煩也很氣，就把頭髮剪短了，可是等我剪短後，那個男生又跑來跟我裝熟。也是啦，就算剪了短頭髮，我也還算有點姿色吧。」

呃啊～我在胡說八道什麼！可是就連聽到我亂扯這些有的沒的，恩宥、時厚和海岡卻頻頻點頭，就連該揶揄我的時候也一樣。怎麼搞的？他們的表情都很認真，難道是真的覺得我漂亮嗎？

從頭到尾都是這樣，我一個人口沫橫飛，海岡和恩宥則當起非常稱職的聽眾。時厚可能是因為吃太飽犯睏，不時打起哈欠，不過完全沒有妨礙我說話。

結果，第一次小組討論成了我的個人表演秀，誇大吹牛、胡言亂語應有盡有。我羞愧得想找個地洞鑽進去，但也覺得好痛快，感覺噎了十年的喉頭一下子都暢通了。

我的辯護人

我和海岡、時厚在橄欖樹大樓的入口道別，我打算去找媽媽，所以走向了公車站牌。公車的即時動態電子看板顯示我要搭的公車馬上就會進站，但不久後抵達的公車上卻擠滿了放學的高中生。我只好放棄搭公車，反正也只有三站的距離。

走在低樓層商家林立的街上，就連霧霾也沒有的傍晚，整條街充滿了春天的氣息。槐樹林蔭道上冒出了嫩綠的新芽，身穿我們學校校服的孩子們從我身旁迅速閃過，走進了超商。烤肉餐廳將大門敞開，正在清潔內部，我走過美容院，從動物醫院那邊拐進了巷子。

這條街，我就算閉上眼睛也能畫出地圖。房地產仲介旁邊是郵局，再旁邊是服飾店和銀樓。教會和幼托中心位於後巷，只要到了星期四，就會有賣血腸的小貨車出來擺攤，吆喝客人上門。我在這個社區出生、長大，我的一切感性有八成是在這裡耳濡目染下形成的，所以我很清楚，烤肉餐廳在兩年前是豬骨湯餐廳，動物醫院的位置原本是賣烤雞。

恩宥的模樣從剛才就不時浮現眼前，特別是她的眼神。時厚說去補習的時間到了，所以我們一起走出了恩宥家。恩宥也跟著出來，直到電梯門關上為止，恩宥都在揮手，眼鏡後的眼神寫滿了不捨。

即便已經放棄去網咖，也待了很長一段時間，恩宥似乎還是希望我們能再多玩一會兒。總覺得她那個樣子看起來有點心酸，讓我心煩意亂。我的朋友到底為什麼討厭恩宥呢？真正的理由是什麼？

走著走著，不知不覺來到了地鐵站。我繞過三號出口的手機專賣店，再次繞進後巷，一個小小的招牌「小站烏龍麵」立即映入眼簾。我開了門進去。

「咦，怎麼沒先說一聲？」正在處理青蔥的媽媽高興地說。

媽媽之所以這樣說，是因為我沒先傳訊息就跑來了。爸爸過世後，媽媽開了家烏龍麵店，雖然是一家只有三張桌子、裝潢破舊的小店，但還是因為味道好而打開了名聲。

「沒有啦。不過這首歌叫什麼？我每次都會搞錯歌名。」

「〈希伯來奴隸之歌〉。」

對了，是威爾第的歌劇《納布科》裡的曲子。不過知道又如何，只會被人說是認真蟲。

「學生家長會現在差不多結束了吧？因為沒辦法去，媽媽一直放心不下。雖然是妳要求媽媽不要去的，但其實去完再回來開店也可以。」媽媽說著，一邊把處理好的青蔥裝進塑膠籃。

「沒關係啦，反正又不會當上學生家長會的幹部，我們的處境也沒空去管供餐品管或當圖書館義工。」

聽到我的話後，媽媽笑了。媽媽總是一刻也不得閒，她先把青蔥洗乾淨，用塑膠籃撈起來放好，接著把放在置物架上的鯷魚盒拿了過來。媽媽和我面對面坐著，開始挑鯷魚的內臟。

「以後公開觀摩再來就好了，到時參觀完上課情況就可以走了。」

我這樣告訴媽媽，媽媽點了點頭。

「好啊。不過多賢啊，妳要不要去補習？雖然妳說英文上網路課程就夠了，但數學不是有點難嗎？」

「數學課後輔導很快就開始了，我上那個就好。」

「可是媽媽還是很不放心，看看其他的孩子，就只有妳沒上補習班。」

「才沒有咧，我們班就有個功課很好的同學，叫作盧恩宥，她也沒有補習。」

從我的口中竟然冒出盧恩宥的名字，我不由得心頭一驚。恩宥可是我們這群朋友之中的討人厭第二名啊。

「媽！我，真的，死都不要，再被當成透明人之類的了。」

沒頭沒尾的，我的嘴巴蹦出了這句話。轉眼間，報紙上已經堆滿了鯷魚的內臟。小店烏龍麵的生意之所以興隆，關鍵就在於湯頭。媽媽會用挑乾淨的鯷魚來熬烏龍麵的湯頭。

「當然囉！誰會把這個魅力小妞當成透明人呢？」

「還是有可能遇上啊，這怎麼能保證。」

媽媽一時之間沒有接話，然後才用有點悲壯的語調說：「如果有人要這樣做，就隨他們去吧，不跟妳當朋友是他們的損失。好孩子多得是呢。而且，與其跟那種會霸凌、排擠朋友的人玩在一起，還不如當個獨行俠。」

說得輕鬆。媽媽總是用這種調調說話。我會變成自以為是的大魔王，媽媽的功勞可不小。

這時，一個大叔開門進來，店內的音樂也在這段時間內換成了〈霍夫曼船歌〉，流瀉出恬靜悠揚的旋律。媽媽和我習以為常地從椅子上起身。我拿起水瓶和杯子去替客人點餐時，媽媽從製麵機抽出麵條。

客人在場時，我就沒辦法和媽媽自在地對話。雖然我一直在等待機會，但獨自前來的客人走出店外後，又有四名高中生進來了，原本想跟媽媽的話到最後都來不及說。

到了晚上，兼職的阿姨來了，媽媽推著我的背要我回家寫功課。我吃了一碗烏龍麵後就走出了店。

黑幕落下的街道上，每家店都亮起了燈。我經過有藥局、服飾店、冰淇淋店、眼鏡店的商店街，然後直接經過了公車站。雖然我跟媽媽說要回家，但我不想回去。我只是不停走著，只要不是小巷子，這時間的大街還算安全的。我該去哪裡？不對，我應該去找誰？

我有必須解決的作業。在跟媽媽說話、服務客人時，我也滿腦子都在想同一件事。我該如何向朋友們解釋呢？要是她們知道我去了盧恩宥家，一定會暈過去的。我越來越擔心了。

最簡單的方法就是仔細寫下來龍去脈再傳到群組，可是憑我動物般的直覺也知道，這件事不適合傳到群組。我沒有信心能像閒聊般說得一派輕鬆，要是把氣氛搞僵怎麼辦？我沒有勇氣面對毫無反應的群組。

這種事就該當面說啊，可是怎麼說呢？難道要召集大家，說我有話要講？這有重要到需要集合全部人嗎？還有，是該同時跟大家說，還是一個一個見面說？最大的重點是——該說什麼。就算說是因為小組作業才不得不去，她們也不會吃這套，尤其是亞藍。

最先討厭恩宥的人就是亞藍。本來就都是這樣的，只要有誰率先撒下種子說：「不覺得那人有點怪嗎？」其他朋友就會幫腔：「很怪啊，超怪。」促使種子發芽。接下來，樹木就會自行生長了。被貼上「有點奇怪」標籤的同學，後來就搖身成了擁有恐怖形象的怪物。

我能隱隱約約感覺到，恩宥並沒有怪到讓我們恨之入骨，但就算如此，我也沒辦法馬上就說：「只要多認識恩宥，就會發現她也是個不錯的人！」因為我不知道一年級時恩宥和亞藍之間發生過什麼事。

我的腦袋快炸開了。原以為只要和媽媽聊聊，就能看到什麼解決問題的線索，可是一如往常，媽媽和我沒有足夠時間聊天。還是傳簡訊給媽媽？但我又不想，這問題太複雜了，不是幾句話就能說清楚的。

哎呀，不管了，船到橋頭自然直吧！

我走進了美妝店，這是我隨時都能大搖大擺走進去的地方。當腦袋快爆炸時，購物是最棒的，而且剛才媽媽給了我零用錢。

店內有許多高中生，我從齊全的試用品中拿起眼影和口紅東抹西抹，然後挑了兩千元的粉色脣膏，站到收銀櫃檯前。

這時，我的腦中突然靈光乍現。我再次走到口紅區，拿起橘色脣膏。雪娥迷人的黝黑皮膚很適合橘色。我得去見雪娥——總是跟我同一陣線的權雪娥，我的辯護人。

我和雪娥在一起時最自在。雪娥不會曲解我的話，把我介紹給其他朋友的也是權雪娥。碰到任何問題，她總是跟我站在同一邊，而且我對雪娥的行程瞭若指掌。

走出美妝店後，我加快步伐，在轉為綠燈的斑馬線上跑了起來。已經快到雪娥從補習班接駁車下車的時間了。

我氣喘吁吁地抵達雪娥家的大樓入口，發現還有一點時間。如果碰上塞車，可能需要再等上十分鐘左右，但這點小事不算什麼。已經入夜了，天氣有點涼，我在原地咚咚咚地跳呀跳，望著車輛會駛來的方向，終於看到成排的車輛開進社區，補習班的巴士在入口處放同學們下車。

我一眼就認出來了，雪娥的補習班巴士緩緩從那頭開了過來。我停止跳動，在原地等候，只要再一會兒，雪娥就會從黃色巴士下車了。

「雪娥！」我大聲呼喚。

雪娥東張西望，發現是我之後先是大吃一驚，然後露出燦爛的笑容。

「咦！妳怎麼會在這？」

雪娥打了通電話給媽媽，說要和我聊一下天再回家。我們走向位於大樓商店街的辣炒年糕店。雖然剛才吃了烏龍麵，但一聞到辣炒年糕的香味，肚子又開始咕嚕咕嚕叫。

「哇！顏色好美，我也正想買一支脣膏耶，妳是為了給我這個才等我的嗎？」雪娥接過脣膏後大喊，然後從書包內取出鏡子塗了起來。

「怎樣？適合嗎？」

「超美的，妳很適合橘色，根本可以去拍春天女孩系列海報了。」

見我花言巧語，雪娥咯咯笑個不停。雪娥很滿意擦上脣膏後的效果，拿著鏡子照個不停。她一下子嘟起嘴脣，一下子又鼓起腮幫子，接著又像藝人一樣左右轉動臉頰，還不忘露出微笑。我覺得這樣的雪娥很可愛，所以笑了出來。這時，我們點的辣炒年糕上桌了。

「因為妳們是最後一組客人，就多給妳們一些。」

老闆娘一邊放下盤子一邊說。份量要比平常多上一點五倍，我們這才發現店裡的客人只剩下我們了。

「超好吃！」吃了一根辣炒年糕之後，雪娥的語氣帶著興奮。

是啊，在補習班待到這個時間，肚子一定餓壞了。辣炒年糕比平常更辛辣，我們呼呼地不斷吹氣，也不停大口灌水。聽到雪娥直喊好好吃，老闆娘把賣剩的炸地瓜也給了我們。雪娥把炸物放入辣炒年糕的醬料中，沾上滿滿的醬。雖然肚子已經很飽了，還是忍不住口水直流。

就在這時，我假裝若無其事地開了口。

「今天我去了恩宥家，盧恩宥的家。」

或許是因為氣氛很好吧，脫口而出之後，感覺就連那份煎熬的心情也從嘴巴溜了出去。雪娥瞪大眼睛，吃驚地盯著我。

「為什麼？」

「因為要做小組作業，不得已只好去了。雖然亞藍和秉熙要我別去，我本來也打算不去的，但在麵包店被逮個正著。」

雪娥咬著叉子暫停了兩秒鐘後，才開口：「是喔，那也沒辦法啊，不過亞藍應該會有點不高興。妳跟亞藍和秉熙說了嗎？」

「沒有，其實是第一個跟妳說，我有點怕怕的。」我連聲音也在顫抖。

媽媽說過，越複雜的問題，越要直言不諱。要是在這種情況下還看人臉色、逃避問題，只會把情況弄得更糟。

「有什麼好怕的？難道怕我們把妳吃掉嗎？」雪娥回答，但那句話的語氣很微妙。為什麼她不是說亞藍和秉熙，而說是「我們」？

「我擔心妳們會誤解啊。總之，我也該告訴亞藍和秉熙，還有美昭。可是我該怎麼講才好？」

「老實說就好啦，我會幫妳的。不然現在就在群組講吧，用訊息彼此對話囉。」

雪娥直爽的語氣讓我稍微放下了心。

討厭指數

多虧了雪娥，這件事順利落幕了。雪娥替我在群組說了很多話，像是：這是攸關成績的學習報告，但就算一起做小組作業，多賢也不可能跟盧恩宥走近。

我本想趁這個機會說一下我想參與小組作業的理由，告訴她們我很熱愛我們的社區，以後就算變成大人離開了，也會一直懷念這個地方，所以我真的很想好好做一份社區報刊，而且既然都決定做了，也想拿個獎。但我沒有任何說這些話的空隙，亞藍一直問我恩宥家怎麼樣，所以主要都是在說這個。

－就有點亂，只是很大而已，也不像電視劇出現的房子那麼華麗。恩宥的房間根本像被炸彈砸到，比我的房間更髒亂。我已經很不擅長整理了，但恩宥根本是魔王等級。校服也沒有用衣架掛好，隨便披在椅子上頭，書本也亂丟在房間地板，書桌上到處都是橡皮擦的屑屑。（下午9：50）

朋友們接二連三地傳來反應：

—清理橡皮擦的屑屑是最基本的吧。（下午9：51）

—根本是雙面人嘛，在學校時還裝得一副模範生的樣子。（下午9：51）

—模範生也可能很邋遢啊，哈。（下午9：52）

—不過，誰會想到盧恩宥在家過得跟乞丐一樣。要是我房間是那副德性，我爸媽早就像機關槍一樣唸個不停了。（下午9：53）

—她家的確是沒人在。（下午9：53）

—她媽媽是做什麼的？（下午9：54）

—……（下午9：54）

—？？？（下午9：54）

—有人知道嗎？（下午9：55）

—我也不知道。（下午9：56）

—她爸爸的事倒是知道一點。（下午9：57）

—何止是知道？（下午9：58）

—超有名的咧，哈哈哈哈。（下午9：58）

這是什麼對話？關於恩宥爸爸的事我還是頭一次聽說，原本想裝傻探聽一下，但後來還是打消念頭。

隔天，全國發布了霧霾警報，出門時媽媽替我準備了口罩。

「為什麼要準備兩個？」

「放學時不是還要用嗎？媽媽看天氣預報，今天一整天空氣品質都很糟，上學時戴的，等到了學校就丟掉。」

沿著連翹花圍籬的上學路上，也有許多戴上口罩的學生。第五堂是體育課，但應該會在教室上吧。我邊走邊這樣想著，這時有人拍了我的背部一下。

「打小力一點啦，會痛耶。」我忍不住大喊。

「這樣就在喊痛喔。」時厚調皮地說，語氣聽起來好像跟我超熟。時厚似乎完全不介意昨天我在小組討論時渾然忘我的樣子，真是萬幸。

「我實在是很滿意我們這個小組耶。妳知道我一年級做小組作業時發生什麼事嗎？」

時厚說得很大聲，我忍不住想，應該有滿滿的霧霾跑進了他的喉嚨。我從口袋取出口罩，遞給時厚。

「沒關係啦，反正都到學校了。」

「什麼到學校了，還有很長一段路咧，你就拿去戴吧。」

用這種口氣說話，感覺我就像時厚的姊姊。聽我這麼一說，時厚乖乖接過了口罩。

「當時除了我之外的其他小組成員本來就很熟。我原本想說，反正只是做作業而已，也沒差。雖然事前我做了不少準備，可是每次只要我提出意見，那些同學就會反駁我，搞得我好像一下子變成了笨蛋。」

「為什麼？」

「誰知道！我是有說要搞砸作業嗎？後來他們自顧自地下結論，所以我也就說我同意，結果他們又異口同聲說不對。」

「為什麼?哪裡不對?」

「就是說啊!從頭到尾都是這樣。只要我說什麼,他們就會立刻說不對,最後我就放棄了,反正就算我提了意見,他們也不打算接受,最後只會吵起來,後來我就都照他們說的做。」

「哎!」

「所以只要跟別人同組,我就會心生恐懼。如果要好的同學湊在一起,剩下的人就會像油水分離般無法溶入。可是這次我們這一組感覺是夢幻組合喔!大家都很會說話,也善於傾聽,個性又好……感覺大家都是好人,而且那個了不起的盧恩宥又是我們這組的。」

時厚的聲音太大了,好像是因為戴著口罩才講這麼大聲。

「對了!海岡超可愛的。妳知道海岡都會隨身攜帶煮過的鯷魚去餵附近的貓咪嗎?」

時厚始終保持輕快的聲調。一大早到底有什麼好開心的?不過剛才那句話是什麼意思?盧恩宥很了不起?

「我昨天稍微規劃了一下時程。我們什麼時候要再集合？進教室後和大家討論一下吧。」

走進學校大門後，時厚還在說個不停。就在此時，我摘下了口罩，卻感覺到後腦杓有目光盯著。

是賢宇，鄭賢宇，我暗戀的男生。

他是從什麼時候開始看著我們的？該不會誤會我和時厚的關係吧？我知道這是在瞎操心，但腦袋還是頓時一片空白。

我是在去年下學期放學後的論述教室遇見賢宇的，但我對他不是一見鍾情，而是日久生情。不知道是不是洗髮精，他身上總是散發出好聞的香氣。但到目前為止什麼事也沒發生，就只是我在單相思。每次看到賢宇，就覺得他好像又長高了，只要看到他在操場上打籃球的模樣，一整天內心都會小鹿亂撞。

可是賢宇是個萬人迷。要是我說喜歡賢宇，說不定會招來這種反應：多賢妳喜歡賢宇？真是不知自己的斤兩！

第三節課時，我突然有種異樣的感覺，於是趁下課時間跑去了廁所。果然，萬惡的生理期來了。這下糟了，我沒有衛生棉，只好捲了一大疊衛生紙先墊著應急。第一天的量少，要是運氣好的話，說不定能靠衛生紙撐過去……不！必須想個對策才行。

我不想去保健室。有傳聞說，保健室老師會在給一片衛生棉時連珠炮似的唸個不停。大家都覺得保健室老師又不是自掏腰包買衛生棉，態度卻跩到不行。

走進教室後，我去找亞藍和秉熙，很小聲地問她們：

「妳們有衛生棉嗎？」

兩人都搖了搖頭。在那瞬間我注意到了，亞藍看著我的視線，彷彿覺得我很窩囊。

亞藍是個會把好惡寫在臉上的人，沒有灰色地帶，喜歡就超級喜歡、非常喜歡、喜歡到極點，討厭的話就是痛恨至極。假如我不是她的朋友，她八成會大剌剌地蔑視我。也是啦，我應該要隨身攜帶緊急用衛生棉才對，即便是生理期不規律也不能當藉口。

我回到座位，趴在桌上，第四節課一直很不安、心情低落，午休時間也不想吃飯。要是我隨便走動，不知道又會流出多少經血。

眼看已經輪到我們領午餐了，我卻動也不動，時厚開口問：

「妳不吃飯喔？」

「嗯，我沒胃口。」

「是喔。」

海岡、時厚、恩宥悄悄瞄了我一眼，才紛紛往前走去。不久後，一場酷刑就開始了。

我趴在桌上，但辣炒雞肉發出了香噴噴的味道。肚子好餓。我實在受不了了，抬起頭一看，果然是辣炒雞肉。我該趁現在趕緊拿著餐盤去領午餐嗎？要是動來動去，經血漏出來怎麼辦？就在我百般苦惱的同時，結束配餐的值日生拿著餐盤回到了自己的座位。

我戳了戳時厚的背，他轉過頭。

「辣炒雞肉好吃嗎？」

「嗯，超好吃！」時厚說完，又埋頭吃起飯來。

「妳要吃吃看嗎？」

恩宥夾了一塊辣炒雞肉遞到我面前，我還來不及猶豫就迅速張開了嘴。恩宥把辣炒雞肉放入我的嘴巴，帶有甜甜滋味的辛辣肉汁在口腔內擴散開來，我覺得自己就算在吃辣炒雞肉時死掉也不會有遺憾。

「為什麼不吃午餐？在減肥嗎？」恩宥問。

我的目光忍不住直往盧恩宥的餐盤飄去。雜糧飯、淡菜海帶湯、醬燒鵪鶉蛋、豐盛的辣炒雞肉，甚至辛奇也是我很愛的鮮辣白菜。

「減什麼肥，我哪有肥肉要減？」

我已經餓到口不擇言了，但說完自己又覺得很好笑。

「不然是為什麼？哪裡不舒服嗎？」恩宥又問。

我實在很想脫口說：「拜託別再問了，就是因為妳這麼不會察言觀色，我的朋友才會討厭妳。」

「肚子不舒服嗎？」

「不是！才不是！」我莫名地歇斯底里起來。

這時，海岡在書包內一陣翻找，取出一雙木筷，轉頭遞到我面前。

「這是我隨身攜帶，以便臨時要吃杯麵用的。一起吃飯吧，今天的辣炒雞肉真的很好吃喔。」

我假裝不得已地接過筷子，海岡和時厚把餐盤移到我們的座位上。因為桌子很窄，所以把三個餐盤直放剛好。我很平均地吃著恩宥、海岡和時厚餐盤內的米飯和配菜，畢竟是搶別人的飯菜吃，我很努力不要吃太多，但看起來我是吃最多的那一個。

午休時間的教室吵到屋頂都快掀了。雖然在這種慘遭霧霾炸彈砸到的日子，也會有同學到操場去踢足球，但大部分人都在教室玩瘋了。時厚和海岡不知道跑到走廊上去幹麼，我則繼續趴在桌上。

這時，恩宥貼到我的耳旁說悄悄話。

「妳是不是生理期來？」

啊！盧恩宥妳真的白目到極點耶！不過想歸想，我卻抬起頭問：

「嗯，妳有衛生棉嗎？」

「有。」

恩宥從書包取出化妝包，因為幫上了我的忙，她露出了很有成就感的表情。

為了上補習班專題講座，亞藍和秉熙先離開了，而我是這禮拜的清掃值日生，所以走出教室時學校已經沒什麼人。不過我卻在走廊上遇見了雪娥，我們手牽著手蹦跳著一起走出學校。

「心情真好~」雪娥說。

她今天擦了我送的唇膏，結果很多人稱讚好看，我聽了也很開心。

我們搭上市區公車，決定在雪娥上課前先在補習班附近玩耍。抵達後，發現大馬路旁停滿了補習班的黃色巴士。

「對了，聽說盧恩宥也沒有補習？是因為我們社區的補習班很爛才不上的嗎？」雪娥說道。

我們面對面坐在杯飯專賣店的窗邊座位，這棟大樓的六樓有雪娥上的英語習班。窗外受到霧霾影響，灰濛濛的街上有許多戴口罩的學生來來去去。

雪娥點了美乃滋鮪魚飯，我點了辣炒雞肉飯。午餐時沒能大快朵頤，所以現在又想吃辣炒雞肉了。錢是我出的。因為我的零用錢還很夠用，所以想請雪娥吃飯。

「我們社區的補習班很爛嗎？」

「一定比江南的差囉。」

「這是什麼意思？」

「妳不知道喔？」雪娥瞪大眼睛問道。

「恩宥是從江南轉學過來的啊，去年初的時候。」

我知道恩宥是轉學生，也知道她是從江南轉學來的，可是現在她讀的是公立國中，是我們學校的學生。究竟貼在盧恩宥身上的江南轉學生標籤何時才能撕掉？而且恩宥又不是跑到江南去補習。時厚早上之所以說「那個了不起的盧恩宥」，也是因為她是江南來的轉學生嗎？

「她從江南轉學過來之後，有表現得很不可一世嗎？」

為了迎合雪娥，我只好這麼附和著。而且我也想知道亞藍和恩宥關係不好的原因。

「喔，一方面是因為她從江南轉學過來，加上恩宥的爸爸不是很有名嗎？」

「是喔，恩宥的爸爸是藝人嗎？」

「不是，是律師！偶爾還會上節目耶，妳不知道喔？」

這時我才懂了為什麼朋友們之前會說恩宥的爸爸很有名。

「可是為什麼說恩宥很了不起？因為爸爸是大名鼎鼎的律師？」

「誰說的？哪有了不起！她根本就是偽善者、天底下最惡劣的雙重人格，有什麼了不起的？」雪娥咬牙切齒地說。

我一時感到驚慌失措。這不是雪娥平常的說話口氣啊。我以為對恩宥恨之入骨的人是亞藍，雪娥只是敲邊鼓而已。

「亞藍和恩宥之間到底發生過什麼事？去年她們不是同班嗎？」

我終於問了。看雪娥的反應，讓我想知道更多細節，感覺雪娥應該知道所有內幕。

「對啊，一年級盧恩宥轉學過來時，亞藍對她有多好，可是盧恩宥卻仗著自己會讀點書、家裡是有錢人，非常瞧不起亞藍。」

「呃！真假？」

「她以為自己是什麼天之驕子喔。」

會不會是誤會啊？恩宥感覺並不會自以為是啊。但我要是這麼說，又會被說是不懂察言觀色的老古板了。畢竟有人合得來，也會有人合不來。

吃完杯飯後，我們又喝了汽水。店內持續在播放英倫搖滾樂。

「而且他們家有點奇怪。」

「哪裡怪？」

「大家不是都吵著想搬去江南嗎？為什麼那麼有錢，卻要從江南搬到我們這裡？不覺得很怪嗎？」

我不太懂，大家都吵著要搬去江南嗎？我就沒有啊。

這時雪娥看手機確認了時間，快到上課時間了。

「亞藍說，盧恩宥的爸爸好像是想當國會議員，才搬到我們這一區，希望下次選舉時，在我們這區獲得黨內提名。不覺得這意圖很不單純嗎？」雪娥直視著我說。

國會議員、黨內提名，我不太懂這些艱深的詞彙，所以不知道該怎麼回答。我的腦筋還沒轉過來，雪娥就已經拿著背包站了起來。

「時間到了，謝謝妳請我吃杯飯。」雪娥說道。

我看著雪娥搭上電梯，走出了大樓，搭上公車去了百貨公司。中低價品牌的化妝品和生活用品店都集中在百貨公司的五樓，我在那裡幾乎把零用錢都花光了。洗臉刷、痘痘貼、漱口水、迷你清潔掃把、髮捲、耳機、零錢包、吸油面紙、衛生棉等，列出明細的收據好長一張。

除了衛生棉，其他都要送給朋友們。我很喜歡送一些小禮物給朋友們。扣除喜好挑剔的亞藍，大家基本上都很喜歡我送的禮物。

我並沒有打腫臉充胖子。我沒有上補習班，扣除買零食或化妝品之外，也沒地方能花零用錢了，因此可以為了朋友們盡情買禮物。碰到朋友過生日之類的，我也會想買貴重的禮物，但媽媽說不可以，太貴重的東西會讓朋友們有壓力。這也無妨，反正也不是貴就是好禮物。

我提著購物袋走出百貨公司。明明心情應該要很好才對，卻意外地有點失落，腦中不停浮現雪娥反常的說話語氣，還有帶刺的表情。感覺恩宥討人厭的指數又上升了一階。是因為我去了恩宥家嗎？會不會嘴上說沒關係，可是內心卻在嫉妒？哎呀，不管了，猜測人心實在太難了。

日積月累的思念

我把禮物分送給了朋友們。美昭、雪娥、秉熙都說了謝謝，唯獨收到洗臉刷的亞藍這樣說：

「我有電動刷了。」

我說：「那要給妳漱口水嗎？」

「不用了，我們家超市也堆了一堆漱口水，這個洗臉刷我就拿來旅行用好了。」

亞藍總是這樣。亞藍跟爺爺、奶奶住在我們這一帶最大的超市三樓，好像聽說她爸媽是住在別的地方。可是那間超市是屬於亞藍的爺爺、奶奶的，因此亞藍總是不愁花用，對一般的禮物也無動於衷。

耳機是為了我暗戀的男生賢宇買的，因為我看到他戴著矽膠套已經脫落的耳機。可是我要怎樣才能見到賢宇呢？今年放學後的論述課已經取消了。

對了！不如假裝申請播放音樂，然後拿給他？廣播社團的賢宇從今年開始負責午餐時間的廣播。總之，我得把耳機放在書包隨身攜帶，等待給他禮物的機會。

說實在的，我並不是抱著什麼意圖才送朋友禮物，後來這些卻成了賄賂物品，因為朋友們允許我去參加在恩宥家中舉辦的社區報刊編輯會議。也不知道是因為禮物，還是因為小組作業會列入學習成績的正當理由，總之我可以心安理得地去恩宥家了。

星期六一大早，我就有些興奮。

我們的小組感覺很有默契。

時厚說得好像沒錯。就算只是講些無聊垃圾話，我們四人也很合拍。在這個小組中，沒有人會嘲諷對方的話，或像乒乓球一樣橫衝直撞。當然，我很努力地和恩宥保持著距離。我打定了主意，雖然沒辦法討厭她，但也不會喜歡她。

抵達恩宥家時，發現時厚和海岡已經到了，我將迷你清潔掃把遞給恩宥。

「這是什麼？」

「禮物。」

「禮物？」恩宥瞪大了眼睛。

兩個男生喊著：「是什麼？什麼？」一邊靠了過來。

我貼在恩宥耳朵旁悄悄說：「上次謝謝妳借我衛生棉。」接著又大聲說：「這個用來掃桌上的橡皮擦屑屑剛剛好。」

話才說完，我才驚覺自己是不是說錯話了，會不會惹恩宥不高興？可是恩宥卻笑嘻嘻的。

「哇！太謝謝妳了，妳是在哪裡買到這個的？」

她幾乎是帶著讚嘆的語氣。

心情好詭異。竟然因為一個迷你清潔掃把就感動成這樣，而且還是小學時必備的物品。我送禮物給我的那些朋友們，現在都是用沒什麼靈魂的語氣說「謝謝」。是啊，如果太常收到禮物，就可能會無感。

「你們吃早餐了嗎？家裡有很多吃的，要不要吃一點？」恩宥問。

「當然吃啦，我們先開會吧。」我說道。

上次聚會時自顧自地說個不停，這件事我到現在還留有疙瘩。我一方面想改變形象，也想好好討論關於社區報刊的事。可是這樣說了之後，又忍不住後悔自己的臺詞是不是太像認真蟲了，沒想到時厚很爽快地幫腔。

「好啊，畢竟我也是有備而來。」時厚從書包中取出用釘書機釘好的Ａ４紙。

「我帶了一些資料來，要是討論時少了參考資料，人多嘴雜就容易誤事嘛。」

「噢～金時厚讚喔！」海岡看著時厚，舉起了兩根大拇指。

時厚默默露出笑容，同時撞了一下海岡的手臂。

「咦？這是什麼？」恩宥一臉好奇地問時厚。

海岡和我把視線一起投向恩宥翻開的第一頁。

「我收集了各種社區共同體的簡介。同學們！不覺得我是個天才嗎？」時厚開玩笑的說。

「聽你在說咧！」

我反射性地回了嘴。既然有人這麼臭屁，接下來就該有人酸他，可是聽到時厚的玩笑話，恩宥和海岡一點都不覺得反感。

「就是說呢，既然班導師說『洞校同樂』，我聽說我們這一區也開始形成各種社區共同體。考試也要掌握出題者的意圖，才能拿到高分嘛，學習報告也是一樣，放入關於社區共同體的報導比較好。這部分就由我來負責，我已經蒐集了一些資料，加上我的母親大人又參加了各種社區活動，所以我算是略懂略懂。」

「ＯＫ！那時厚就負責這部分吧。」恩宥看著時厚說。

「我也ＯＫ！時厚好像真的是天才耶。」

我也加入附和的行列，希望能挽回局勢，把剛才「聽你在說咧」的嘲諷轉為稱讚。

聽到「天才」二字，海岡似乎想起什麼，看著時厚。「欸，你知道有人是在被雷打到之後，才變成天才的嗎？」

「被雷打到？是閃電落在地面時的那個雷嗎？」

「嗯，是個美國人，他被雷狠狠劈了一下後昏倒了，住進了醫院，後來醒來時，哇！天啊！他竟然成了天才，連從沒學過的外語也說得很流暢，還能輕鬆解開數學難題。」

「咦？那是不是在世界大驚奇系列出現的故事啊？」

海岡和時厚兩人又在閒扯時，我開始讀起時厚帶來的資料。在這段期間，恩宥跑進了廚房，沒過一會就端出了泡菜煎餅。

「這是海岡帶來的，很快就涼掉了，所以我放進微波爐加熱。」

「海岡自己做了泡菜煎餅帶來？」我忍不住驚呼。

「我媽要我帶點吃的，我就發揮了一下絕招。我在料理方面可是有兩把刷子的。」海岡一臉神氣。

我們提起筷子，開始享用泡菜煎餅。

「好吃嗎？好吃吧？」海岡迫不及待地詢問。

「嗯，還不錯。」

「你滿會做菜的嘛。」

恩宥和時厚接連稱讚海岡，兩人看起來吃得津津有味，我真是被嚇到了，這麼難吃的泡菜煎餅，我還是頭一次吃到！與其說是泡菜煎餅，更像放了一點泡菜的麵粉年糕。但因為只有兩片，我們一下子又吃光了。

「不過，社區報刊好像真的會很有趣。我媽媽是在烤肋排餐廳工作，就算只寫那些客人的故事，一整個版面都還不夠呢。」海岡說。

「是市場入口那間三層樓的烤肋排餐廳嗎？你媽媽在那裡工作？」

聽到我的話後，海岡大力點頭。

「這個題材不錯耶。」恩宥說道。

海岡又說了一些市場攤販的事情，後來決定訪問在傳統市場代代相傳的海鮮店老闆。我默默把自己存在手機、六年級時製作的社區報刊給他們看。

仔細閱讀了美食餐廳報導的恩宥說：「這篇報導不錯耶，應該可以再拿來用喔。」

「應該沒辦法再拿來用了，因為除了年糕店，其他都關門大吉了。」

「年糕店？」

時厚插嘴：「說到美食探訪啊，這向來都是很不錯的選項，不過要小心喔，很容易就變成廣告文。」

打開話題後，我們開始滔滔不絕地談論起社區共同體的話題，從社區圖書館的各種活動，到最近才開張的社區小飯館。

「時厚，你是打算靠報刊得獎，讓自己有一張助你考上私立高中的漂亮成績單吧？」就在這個關頭，我心直口快地冒出了這句。

時厚用略顯慌張的眼神盯著我。「才沒有咧，對私立高中入學來說，最重要的是在校成績和品行，才不看什麼獲獎紀錄，因為在生活紀錄簿上，獲獎紀錄會直接遮蔽。要是在自傳上寫得獎的事，就會直接被淘汰。」

「是喔？獲獎成績不會反映在私立高中入學上，我都不知道耶。」

「不知道也很正常，因為入學考試規定老是改來改去。」

「既然對入學沒有幫助，幹麼這麼認真？」說到這，我連一秒都不到就自己搶答：「對了！會列入學習成績。」

「一方面是為了學習成績，而且很好玩嘛。」時厚說。

雖然我講了很討人厭的話，但時厚回應得很直率，反讓我感到有點抱歉。

幸虧這時，恩宥打破了尷尬的氣氛。「我想要寫我們社區電影拍攝地的報導。」

我們三人吃驚地問：「我們社區有拍過電影？」

「嗯，不是商業電影，是獨立電影，叫作《無名小卒》，有聽過嗎？」

聽恩宥這樣說，我們三人都搖了搖頭。獨立電影耶！恩宥也會看獨立電影啊。獨立電影、古典樂、文學、歷史，都是很容易被別人說成認真蟲的詞彙。看到恩宥若無其事地說出來，我覺得好神奇。

「那部電影是在我們社區拍的喔，至於地點呢，不是有間兔子糕點店嗎？只要沿著那條巷子再走一點，就會看到菩薩殿，還是應該叫算命攤？總之是在那條巷子拍的。」

「咦？就在我家附近耶。」

「多賢妳住那邊喔？」

「嗯，我住在兔子糕點店那條巷子。剛才那篇六年級時寫的美食報導啊，裡面出現的年糕店就是兔子糕點店。」

聽到恩宥知道我們社區，我實在太開心了，忍不住就拉高了嗓門。我很想說，爸爸超愛那間兔子糕點店做的豆糕，但我把話吞了回去。包括爸爸早餐會吃豆糕和牛奶，還有走到年糕店後頭會看到燈飾店，那個老闆是爸爸朋友的事，我也都沒說。

「是喔，看來我要找個時間去兔子糕點店買年糕了。不過，既然妳住在那個社區，應該也很了解菩薩殿囉？」恩宥問。

「仙姑菩薩嗎？沒有，我不太了解。」

雖然不太了解，但算命攤在那條巷子中格外顯眼。仙姑菩薩是一棟有著平屋頂的單層住宅，大門上有眼花撩亂的太極圖案和旗幟，另一邊則密密麻麻地寫了生辰八字、擇吉日、搬家、命名等。恩宥為什麼沒頭沒腦地問起算命攤的事？

會議結束後，不知不覺已經到了午餐時間。雖然是星期六，但恩宥家中還是只有她一個人。

「家裡有很多紫菜飯捲，要吃嗎？」恩宥問。

「好啊！」

「嗯，我想吃。」

我們開心地回答，大家一窩蜂地湧進廚房，那裡有一座紫菜飯捲堆成的小山。

「自己裝到盤子裡拿走吧。」恩宥說。

「你們家是賣紫菜飯捲的嗎？」海岡問。

恩宥頓時大笑。「爸爸今天有登山聚會，阿姨昨天把材料都準備好了，所以早上我和爸爸捲了很多條飯捲，超好吃的。」

我們拿著裝了紫菜飯捲的盤子來到客廳的沙發桌。雞蛋、紅蘿蔔、菠菜、黃蘿萄，雖然都是些平凡無奇的食材，但味道很好。

恩宥家的客廳窗外，可以看到鳥兒振翅飛翔的身影。木蘭花在橄欖樹大樓社區處處盛開，現在已經四月了。

「我想去仙姑菩薩殿看看。」

吃完紫菜飯捲後，坐在沙發上的恩宥突然冒出這句自言自語。

時厚、海剛和我同時喊出：「為什麼？」

「沒為什麼，不對，也不是沒為什麼，我想去問問，看我媽媽在哪裡。」

恩宥的口氣很冷靜。我卻嚇了一大跳，盯著恩宥看。

「妳不知道妳媽媽在哪裡嗎？」海剛問。

「她過世了。」恩宥垂下眼睛。

我的胸口突然一陣發麻，現在我才終於理解，為什麼恩宥有時會露出冷淡的表情。

「在我六年級時，因為癌症走的。媽媽在醫院躺了很久，後來才過世的……我只是有點好奇，媽媽現在是不是康復了，在那個世界應該沒有生病的人吧？爸爸說現在媽媽應該睡得很安詳，但我想知道的是肯定的回答，而不是猜測。如果去那種地方問一問，應該就能知道了吧？」

恩宥說的一字一句都像是碎片般扎進我的胸口。我能體會，能那樣平心靜氣地說出來的境界，就連那句話乘載的重量也是。那並不只是言語，而是日積月累的思念。

我要說出我爸爸也過世了嗎？我能說這句話嗎？

「妳試著祈禱看看。因為我會祈禱，所以什麼都明白，因為我的堂弟也死了。我祈禱之後，就收到了回應。」海岡說。

「怎麼收到？什麼回應？」

「嗯，說我堂弟過得很好，去了天國。」海岡以開朗的口吻說。

聽到這句話後，恩宥露出微妙的表情，然後靜靜地綻放出笑容。

請抱抱我

我當然也負責了報刊的其中一篇報導。實在很難冷靜地把決定採訪的主題說出來，因為我太開心了，必須衝到大街上用大聲公昭告天下才行的程度。

那天之後，我的體內好像設置了幸福病毒的應用程式，沒有任何事能引發煩躁，就算班長大吼說安靜，考試就快到了，我也完全不以為意。

班上的一個同學對我說：「多賢，妳的身高好像沒想像中高耶。啊！是因為妳腿短啦，看來妳以後得穿高跟鞋了。」

我知道對方不是在嘲笑我。有不少人看到我坐著時的高度，都會以為我是高個子。說我腿短，可是會讓我暗自氣上三天兩夜的臺詞，可是我立刻不甘示弱地回嘴：「我為什麼要穿？我會穿運動鞋咧，知道棉花糖的芭妮吧？芭妮也跟我一樣腿短，可是跳舞時也都穿運動鞋啊，簡直帥斃了。」

啊！這句話真的是從我口中說出來的嗎？我發自內心不覺得這有怎樣。

我決定寫的主題是「請抱抱我」的眼鏡捐贈活動，它成了我的萬靈丹，我的幸福病毒應用程式。

關於報導的意見是由盧恩宥提出的。恩宥讓我看了社群網站上加上「眼鏡捐贈」主題標籤的文章，這是一個募集用不到的眼鏡，送到蒙古、寮國、迦納、衣索比亞等國家的活動。據說在某些國家，眼鏡是最多必須存下一年薪水才能買到的高價物品。

「我們學校大門口也多了眼鏡捐贈箱。」恩宥說。

「真的嗎？我不知道耶。」

「好像是上週設置的。從下下週開始，每週一會在上學時間舉辦『請抱抱我』的宣傳活動。妳看，好像是志工社團舉行的。」

恩宥打開的網站是全國國高中聯合社團的社群網站，相關連結中也有我暗戀的男生鄭賢宇的社群帳號。從廣播社團到志工社團，賢宇真是了不起！

總之，每星期一我都能以採訪為藉口和賢宇說話了，甚至說不定會因為宣傳活動而有機會抱他呢！好緊張也好心動……

提前下課的星期三，難得和五手指碰面。因為亞藍說要買戶外教學時穿的衣服，所以我們搭公車去了百貨公司。

我們來到服飾品牌聚集的樓層，放眼望去都是漂亮衣服。亞藍逛遍了每個品牌，挑了各種衣服來穿。那種理直氣壯的樣子真令人羨慕，我太在意店員的臉色，所以衣服都只在網路上買。

「這件很適合妳，好搭喔。」

「那件裙子怎麼樣？感覺跟剛才買的T恤很搭。」

「不會很貴嗎？」

「哎呀，亞藍妳不是說要買衣服，拿到很多零用錢嗎？買一件就好了吧。」

大家都對亞藍要買衣服的事很積極，亞藍還買了牛仔褲。

秉熙說：「妳不是有很多牛仔褲嗎？」

「再多還不都是退流行的款式，牛仔褲也要看流行的，每年都不太一樣。」

聽亞藍這麼說，秉熙用手摸了摸頭髮，輕輕點了點頭。

後來一數，發現購物袋已經來到了十個。亞藍把零碎的塑膠袋放入大包包，但還是有三個購物袋。美昭和秉熙也各買了一件T恤。

我開口問：「覺得重的話，要不要幫妳提一個？」

亞藍一邊說謝謝，一邊把最大那一包遞給我。我們搭著手扶梯，一窩蜂湧進了漢堡店。

「咦！快到補習時間了，趕快吃一吃吧。」亞藍說著，並要我們各付五千元，但我的口袋只剩下三千元。

「我中午吃很多了，不吃也沒關係。」我說。

其他朋友開始從皮夾拿出一萬元和千元鈔票。這時，亞藍像是突然想到什麼。

「對了，星期六妳不是請我吃了炸醬麵嗎？妳的就由我來付吧。」

亞藍把錢還給秉熙，也對美昭和雪娥說：「那今天就由我請客，誰要吃漢堡！」

因為我已經說不吃了，所以沒辦法舉手，幸好雪娥也說自己肚子很飽，沒有舉手。

亞藍和秉熙一起去點餐，買了漢堡和飲料回來。漢堡店內從剛才就一直在播嘻哈音樂。亞藍、秉熙和美昭吃了漢堡套餐，我和雪娥只吃了炸薯條和汽水。

「可是真的超煩的！其他地方的炸醬拉麵只要兩千元，就只有那裡要三千元。又不是親自煮的，只要把水倒進碗裡而已，還收這麼貴。」亞藍邊吃漢堡邊說。

「以後不要去那裡了，而且味道超重的。」

「有味道喔？我沒感覺耶。」

「有啊，超重的，感覺是煙味？總之是那個大叔的味道。」

秉熙和美昭也各說了一句。

這時我問：「什麼餐廳？在哪裡啊？」

「喔，我們星期六去了漫畫咖啡廳。因為妳說小組要開會，所以我們自己去了。」雪娥說。

原來如此，可是怎麼都沒在群組說？要是能問我一下就好了。要是說要去漫畫咖啡廳，我也可以把編輯會議延後啊。雖然有點失望，但我很快就想開了，因為我的身上安裝了幸福病毒應用程式。

「漫畫咖啡廳是哪間？Comic還是哈巴狗？」我裝作若無其事，用開朗的口氣問。

「Comic。」亞藍回答得很簡短。

「對啊，那裡超髒的，可是炸醬拉麵賣三千塊喔？」

我積極加入朋友的對話，因為我也去過Comic漫畫咖啡廳。

「我們去戶外教學那天也一起吃午餐吧。」亞藍說。她的腿一直晃來晃去，沒有一刻停下。

「可是奇數班跟偶數班不是去不同的戶外教學地點嗎？雪娥他們班和我們班是去景福宮。」美昭說。

「那我們不就拆散了嗎？不可以！」亞藍誇張地大喊。

「萬萬不可！我們不能被拆散！」

「就算有刀子抵在脖子上，我們也要同行。」

大家嘻嘻哈哈、開心地吵鬧著，這時亞藍看了一下時間，猛然站了起來。

「遲到了！怎麼辦？」

同一間補習班的美昭也站了起來。秉熙用手指繞著髮絲，同時以左手揹上書包。可樂和汽水還剩下一半。

「怎麼辦？多賢，妳可以幫我把這些購物袋拿回我家嗎？要是我再回家一趟，補習就要遲到了。」亞藍說。

我爽快地回答：「好啊！我幫妳拿回去。」

雪娥和我一起去亞藍家。雪娥星期三是上晚上的補習班，所以還有一點時間。

我們把購物袋拿去亞藍家後，來到附近的公園。因為一直在走路，我覺得有點熱，就把校服外套脫掉，放進書包。

沒有霧霾的晴天，公園的人潮不少，在有屋頂的涼床上，幾位奶奶和大嬸坐在上頭。我們在公園晃來晃去，尋找沒人坐的長椅，可是每張長椅都被我們學校的學生，還有帶小孩出來的大人們占據了。

「我們去別的地方吧。」雪娥說。

我們來到戶外表演場地的站立區，那是個舉辦小型音樂會或朗讀詩歌比賽等活動的場所，但可以坐的地方就只有那裡了。雪娥從書包拿出兩個補習班宣傳用的文件夾，我們把它當成坐墊鋪在地上。

「星期六去漫畫咖啡廳一定很好玩。」

我很好奇，少了我，她們四個人玩得開心嗎？

「哪有多好玩，漫畫咖啡廳還不都一樣。」雪娥沒好氣地回嘴。

這句話讓我想說一百句謝謝，要是她說少了我的場合很好玩，我一定會很傷心。

「妳進行得順利嗎？社區報刊。」雪娥盯著我。

我也在等雪娥問這個問題。

「嗯，我們這一組默契好像滿好的，時厚對社區報刊超級積極。嗯，雖然是因為會列入學習成績啦，但大概也是覺得製作社區刊物很好玩吧。對了！海岡越看越可愛耶，開會時還煎了泡菜煎餅帶來，雖然真的很難吃就是了。」

因為是雪娥，我可以不用看眼色，坦率地說出來。

「他說是自己煎的喔？」

「嗯。」

「又是在恩宥家集合的吧？」雪娥問。雖然語調平緩，但總覺得好像是在追問什麼。我明明說過是在恩宥家集合，雪娥為什麼說得好像自己不知道一樣。

「嗯，因為恩宥邀我們去她家。」我含糊其辭。

「她很好笑耶，之前亞藍說想去她家看看，她怎樣都不肯咧。」

「真假？什麼時候啊？」

「一年級的時候啊，因為亞藍的爸媽住在外縣市。當時可能是在打聽來首爾時大家可以一起住的大樓吧。橄欖樹大樓不是很棒嗎？所以就想說去恩宥家看看，可是恩宥立刻拒絕了，後來連訊息和電話也都當沒看到。」

「恩宥她幹麼這樣啊？很好笑耶。可是亞藍的爸媽現在還住在外縣市吧？」

「好像是吧。」雪娥看著空氣說。

一群鳥兒穿越藍天飛過，在冒出嫩芽的樹木之間開滿了桃花。有好一陣子，我們什麼話也沒說，身旁圍繞著一股稍早前沒有的尷尬氣流。我不知道該說什麼，後來才終於想起了那件事，結果在說的時候，多嘴把不必說的話也說了出來。

「請抱抱我？那就是擁抱的意思耶。多賢妳要寫這個主題喔？」

「嗯，不覺得超酷嗎？要是你們家有用不到的眼鏡，就捐出來吧。」

「嗯……妳感覺好像另有所圖耶。多賢，那個社團是不是有妳喜歡的人？」雪娥做了個鬼臉取笑我。

「咦？妳怎麼知道？」

「妳剛才就一直興奮地張大鼻孔。妳騙得過別人，也騙不過我。」雪娥說。

所以，我就把鄭賢宇的事說出來了，嘻嘻。

從星期一早上就忙翻了，前一天晚上也沒睡好。要是碰到大家一窩蜂湧進學校的時間，可能沒機會跟賢宇對上眼就得進教室了。要擔心的還不只這樁，要是碰到下雨天或霧霾指數太高，宣傳活動還可能取消。我早早就起來沖澡，擦上了BB霜，杏色唇膏也擦了又抹掉好幾次，最後還是沒有擦。

我比平常還要早出門，但原本擔心的事情一件也沒發生，不僅天氣很晴朗，霧霾指數也在平均標準。

兔子糕點店蒸年糕的香氣充斥了整條巷子，有個人騎著自行車從我身旁快速掠過，身上穿的是我們學校的校服。我上學時都不會走大樓那邊的社區，而是從巷子走。要是朋友們不在意，我很希望一起放學時也可以走這條巷子。這條路充滿了年糕香噴噴的味道，讓我感到很自在。

我拉開步伐走著，一隻街貓慢條斯理地穿過巷子。這時校服的口袋傳出了響亮的震動音。我取出手機，這時晨間耀眼的陽光正好灑了下來，所以我看不清楚液晶螢幕上顯示的名字。

「喂？」

對方沒有說話，大約一秒後我才聽見「嘻嘻嘻」的笑聲。是幹麼啊？我正打算掛斷電話。

「是我啦！在妳後面。」

我馬上察覺聲音的主人是誰。在距離大約五十公尺的街上，金時厚正嘻皮笑臉地朝我走來。啊！真是倒楣透頂。

這下我得和時厚一起走去學校了，在腦中想像好幾天的情景全都毀了。時厚為什麼偏偏選在這種日子，又這麼白目的跟我裝熟！要是兩人一起去學校，說不定賢宇會誤會。我該怎麼做才能跟他分開去學校？該裝作不認識還是裝忙？

「妳今天很早去學校耶。啊！今天是舉辦『請抱抱我』的第一天，妳是為了採訪才提早去的嗎？」

時厚笑得一臉天真。哎，真拿他沒辦法。

「對了，我不是決定寫社區共同體的文章嗎？昨天我為了寫報導，所以就點進我們社區圖書館的官網看了一下，哇！下週要請社會線記者來演講耶。因為卡到補習時間，我沒辦法去。多賢妳有聽過南宗秀這位記者嗎？」

「沒有，我第一次聽說。」我愛理不理的，回得很簡短。

「他是個寫過幾次獨家新聞、小有名氣的記者。我們的圖書館還真厲害，竟然還邀請記者。多賢，妳有去過我們社區的圖書館嗎？」

「沒有。」我直接秒答。

其實圖書館也是我喜歡的場所之一，哪可能沒去過。我對記者演講的事也有興趣，但現在這些一點也不重要！要是我說去過圖書館，時厚一定又會說個沒完沒了。隨著離校門口越來越近，我的心也跟著著急起來。要說我要去一下文具店，叫時厚先走嗎？

時厚還在嘰哩呱啦說個不停。

「我本來以為我成績好，是因為上了很多補習班跟家教，但才不是呢，是因為我從小就住在圖書館。我們社區圖書館的活動算是很不錯的呢，也舉辦過很多人文學、美術、歷史講座，還會播放電影、舉辦畫家的展覽，而且全都免費！我小學時，暑假還會去草蟲教室。妳知道蟋蟀、紡織娘、中華劍角蝗、飛蝗這些昆蟲嗎？」

「不知道啦！」

「我有親眼看過喔。到目前為止啊，我最喜歡的活動就是草蟲教室了，因為那是晚上會搭帳篷、兩天一夜的活動喔。我好想再去，可是沒有國中生可以參加的活動。」

啊，我還是第一次碰到這麼聒噪的人。我整個人心煩意亂，也沒找到機會開口說我要去文具店。

轉眼間我們已經過了斑馬線，可以看到校門前站了一排志工社團的同學。一共有七個人，所有人都披上了肩帶，手拿宣傳看板，其中一人拿著可以放入眼鏡的箱子，其他人正在發傳單。戴著印有「請給我眼鏡」字句的愛心頭帶的也有兩人，其中一個是負責的老師，另一個就是鄭賢宇。

「老師好！一大早就這麼辛苦呀。」時厚走向老師，毫不猶豫地打了招呼。

「原來是時厚啊！你們家如果有用不到的眼鏡就帶過來吧。」老師輕快的說著。

我的注意力則是全部都放在賢宇身上。

「我剛好把今天要帶來的事給忘了。家裡媽媽加上弟弟的，大概有十副。我媽媽做了雷射手術，現在不需要眼鏡了。話說回來，我們小組的社區報刊決定寫這個宣傳活動的報導喔。」

因為時厚的喋喋不休，導致社團的所有同學全都盯著我們看。

「是她負責的。」

情勢越來越詭異了。我並不想這樣。時厚這傢伙為什麼要把事情搞得這麼複雜？我想要安靜地採訪賢宇，寫我的報導！

「那就麻煩妳囉。」老師看著我說。

「不過大家怎麼都直接走掉啊？不是在辦『請抱抱我』宣傳活動嗎？不用擁抱嗎？」

「你說什麼？你以為是擁抱嗎？」

聽到時厚的話後，老師指著一名同學手中的看板，上頭寫著「請抱抱我們非洲和亞洲的鄰居，捐贈家裡不用的眼鏡」的句子，「請抱抱我」是這句話的簡稱。

「要擁抱也可以啊，來這邊！」

老師說這句話的同時，把傳單交給了其他同學，張開雙臂。時厚吊兒郎當地跑去抱住老師。我一個人杵在那兒實在尷尬，只好跟著過去抱了老師。

同學們一波接一波湧了上來，時厚和我向老師打了招呼後就走進校門。時厚這小子！白目的臭男生！把我期待已久的計畫搞砸的傢伙！就在我內心咒罵連連的時候——

「金多賢，下次見。」

我背後傳來一句低聲耳語。是賢宇。賢宇跟在我的後頭。等一下！現在賢宇是對我說「金多賢，下次見」吧？這是怎麼回事？我的全身瞬間彷彿觸電般，感到一陣酥麻。

比起獨自一人

我面臨了一個人類史上的難題。要是不解開這個難題，我什麼事也做不了。上課時老師說了什麼，也進不到我的耳朵。

「海岡，你說你有在上教會吧？問你喔，在教會啊，不是跟很熟的朋友，而是跟認識的女生朋友道別時，你會怎麼說？」

我在下課時提出了這個難題，幸好時厚去了廁所，不然聽到這句話，一定會發現我是在說鄭賢宇。剛才真的好奇怪，我明明是和時厚兩個人走在一起，但賢宇只跟我打招呼。時厚和賢宇也不是不認識啊，而且還是用只有我才聽得到的音量。

「道別？就說拜拜！」海岡回答。

「就只說『拜拜』而已？」

「除了拜拜還要說什麼？」海岡納悶地歪著頭，接著像是想起什麼似的補充：

「啊，想到了，我可能會說下次見！拜拜！下週見，See you again！」

「也不熟，但你會說下次見？明明一點都不熟耶！好，我再仔細解釋一下。教會裡有好幾個朋友，卻只跟其中一個特定的人打招呼，也就是說，只跟那個人說拜拜！下次見！那是為什麼呢？」我看著海岡的眼睛。

海岡好像無法理解我的話，害我都快急死了。

「是啊，為什麼只跟那人打招呼？我不懂耶。要是有好幾個人在，不是應該跟所有人打招呼嗎？如果只跟一個人打招呼，其他人不是感覺很差嗎？」海岡說道。

他也沒說錯，但我快憋死了。

「對吧？按常識來說，如果有好幾個人，應該是要跟所有人打招呼吧？」

聽到我的話後，海岡大力點頭。

「對啊！當然。」

「如果在場有好幾個人，卻只跟特定的人打招呼，那不是代表對那人有意思嗎？」

從剛才就一直在筆記本上貼便條紙的恩宥開口了。

「沒錯！我要說的就是這個，那就表示有什麼，對吧？」我看向恩宥。

我甚至差點想說：「那個人肯定是有意思，才會用那種方式打招呼吧！」但還沒說出口，就看到時厚打開教室的前門走了進來。

「當然囉，是有好感才會那樣。」

恩宥很認真地畫了個句點，這就是我想要的回答。

午休時間，我和亞藍、秉熙去了操場。本來說要去散步，最後卻坐在長椅上。懸鈴木的樹蔭下，春風徐徐吹來，男生們在操場上踢足球。

「哎喲，好煩，百貨公司的燈光根本就是詐騙嘛，詐騙！」亞藍大喊。

秉熙問她：「怎麼了？衣服不滿意嗎？」

「超不滿意！滿滿的廉價味。」

我無法像平常一樣對亞藍說的每句話做反應，幸好有秉熙坐在我們兩個中間。

「那去退貨不就行了？」

「當然要退貨，但覺得好麻煩，這樣不就又要跑一趟，我還要去補習班耶，哎喲，煩耶。」

亞藍一直說好煩、好煩，連我都覺得有點煩躁了。到底是要講幾次？在這節骨眼上，我還要迎合亞藍的悶氣嗎？

這時足球滾到了我們這邊，兩個穿著白色短袖T恤的男生朝我們走來。我站起來把球踢向他們，一個男生揮手表示謝謝。

「可是啊，男生跟女生朋友道別時說『下次見』的時候，明明現場有很多人，卻只跟那個女生說下次見。男生為什麼不說『拜拜』而是說『下次見』呢？」

呃啊！看來我終於瘋了，居然問機靈的亞藍和秉熙這種問題。可是我怎麼樣也甩不掉這個念頭，老是想從別人口中獲得確認。

「道別時，本來就會說下次見啊。」秉熙用手指一邊捲髮絲一邊回答。這次是在捲頭頂上的頭髮。

「現在那個重要嗎？」

亞藍又在發牢騷了。這時操場上突然鬧哄哄的，有幾個男生亂吼亂叫，在一旁瞎起鬨。所有人的目光都移到踢足球的同學身上，原來是有個穿體育服的女生突然加入，而且還不是普通的女生，是在男生之間被奉為女神、市民國中惹人厭第一名的黃孝靜。

即便不是平常一起踢足球的夥伴，孝靜也跟他們很有默契，傳球時幾乎都很精準，防守也滴水不漏，比賽讓人看得津津有味。也有人打開教室的窗戶觀戰。

坐在長椅上的我們三人也望著這幅光景出神。眼見該嘲諷孝靜的時間點來了，亞藍和秉熙倒是一句話都沒說。

「哼！真是愛刷存在感耶，幹麼突然插入人家的足球比賽。」

所以我就率先開口了，內心卻暗自覺得那樣的孝靜好帥氣。可是聽到我說的之後，亞藍或秉熙都沒有半點反應。停頓幾秒後，秉熙才開口：

「聽說孝靜報名了美昭的補習班，跟美昭同班。」

秉熙的語氣聽起來就像順帶一提。

這時，亞藍猛然從長椅上起身，我抬頭看著亞藍。

「下課後我要去退貨。多賢，妳要一起去嗎？秉熙說好要跟堂姊們去ＫＴＶ了。」

煩躁這個字眼具有很強的傳染性。從和亞藍說好要一起去百貨公司之後，煩躁感就一直沒有散去。我想來想去，都覺得亞藍太不把我放在眼裡了。她絕對不會單純只退貨，一定還會換其他衣服，然後又會叫我把購物袋拿去她家吧。要不要拒絕一次看看？要是今天又要當跑腿的，感覺我真的會瘋掉。

幸好這個預想沒有發生。看到我沒有像平常一樣傻笑，亞藍也很識相，我們老實地退完貨，就搭著百貨公司的手扶梯下樓了。

「我要去補習，妳要陪我去嗎？」亞藍說。

我也常陪雪娥去補習班，所以很難拒絕這項請求。

因為是平日白天，公車上有很多空位，我們並肩坐在最後面的座位。

「你們小組的社區報刊進行得順利嗎？」我問。

「社區報刊？」

「就是國文學習報告啊。」

「喔，那個啊。」亞藍的回答不冷不熱，她轉頭看向窗外。公車在馬羅尼矣林蔭道上快速奔馳。「那個不是六月才要交嗎？何必這麼早開始，根本沒人在意。組長會自己看著辦吧，之後如果叫我們寫報導，就參考網路隨便湊一湊就好了。」

亞藍都這樣講了，我也無話可說。仔細想想，亞藍好像經常這樣，對我說的話沒什麼共鳴。我的話就像乒乓球一樣彈出來，然後在空中四分五裂。真不曉得是我的問題，還是亞藍的問題。

「不覺得允珠的穿著風格很老氣嗎？妳有看到她的裙子長度吧？我還以為是從朝鮮末期冒出來的人咧，真是不知道丟臉。而且她拖著三線拖鞋走路的樣子，活脫脫就是個街友。」

我很擔心有誰會聽到亞藍說的話，幸好亞藍說得很小聲。

這次換允珠了啊，和亞藍同組的同學。允珠又哪裡惹人嫌了呢？只要是看不順眼的人，亞藍就會把對方放進嘴裡，咀嚼到變成粉末為止。可是今天我不想在一旁幫腔，亞藍自顧自說話的習慣，也突然令我很不耐。

「而且，最近誰還會戴那種眼鏡？」

「班導不也戴類似的眼鏡嗎？我覺得還好啊。」

盧恩宥也是因為戴眼鏡，所以妳才討厭她嗎？我差點就把這句話說出口了。聽到我的反駁，亞藍可能很不爽，只見她緊緊閉上嘴巴，望向窗外。我好討厭這種尷尬的氣氛。仔細想想，我們在小圈圈時都很開心愉快，也很合得來。但在五手指之中，我

就只有跟權雪娥一對一相處時是自在的

「對了，不是有個捐贈眼鏡的宣傳活動嗎？裡面有我暗戀的男生喔。」

我真的是徹頭徹尾的瘋了，竟然為了打破尷尬而說出這種話。聽到我的話後，亞藍什麼也沒回。看她沒有反應，我反而開始不安，這股沉默是怎麼回事？

「不過也沒什麼啦，只是我在單戀而已。」

「我知道。」亞藍回得很簡短，目光依然盯著窗外。

亞藍知道？亞藍知道我喜歡賢宇？是雪娥說的嗎？

我和亞藍在補習班大樓前分開。我突然覺得雙腿沒了力氣，肚子發出飢餓的訊號。我在一樓小吃店買了杯裝辣炒年糕。紙杯內好像裝了十幾塊年糕條吧，全部一掃而空後，還是覺得很不舒服。

走回家要半個多小時，我獨自走著，心情很落寞。對雪娥大失所望的情緒悄悄襲來。竟然把我喜歡賢宇的事告訴亞藍，而且亞藍的反應和眼神又是怎麼回事？雖然是我自己說出來的，但總覺得心裡有疙瘩。老實說，我並不想讓亞藍知道我暗戀誰。

越過斑馬線後，出現了小吃街。我緩緩地經過正在準備晚上營業的店家，接著過了斑馬線，轉進大樓社區旁的小路。

我在有著水蠟樹籬笆的幼托中心前停下腳步。孩子們都跑出來了，在有翹翹板、恐龍搖椅、雙屋頂滑梯的遊樂場內玩耍。坐在長椅上的大人不知道是家長還是老師，用溫暖慈祥的目光注視著嬉戲的孩子們。好羨慕啊，真想隨風飛到某個地方，來一場時間旅行，回到和爸爸、媽媽一起住的小時候。

這時，校服口袋內的手機響了起來。是金時厚打來的。

「怎麼了？這時間有什麼事？」

「咦？我打錯了。」電話另一頭的時厚說。

「是喔？那我掛斷了。」

「不過，妳現在在哪？」

「知道了要幹麼？」

「沒有啦，叫妳小心車子，不要亂闖紅燈。」

時厚一副哥哥的口吻，說著莫名其妙的話。我覺得很荒謬，忍不住笑了出來。我回說知道了，掛斷了電話。

我走過橫跨小溪的橋，春風盈滿整個胸口。真是美好的春日呀。對了！早上發生了一件好事。

一想到賢宇，心情就喜孜孜的，連帶對雪娥失望的情緒也消失得無影無蹤。站在雪娥的立場上，我覺得這也情有可原。我並沒有叮囑雪娥，要她不要把我暗戀的事告訴任何人。是啊！雪娥可能認為即便再瑣碎的事情，也要跟五手指的姊妹分享。

我不知不覺地來到了兔子糕點店前，窗戶內的糕點店大叔正在陳列剛做好的盒裝年糕。我邁開步伐走回家，回家後我還想再吃點什麼。

我在打開大門時看到了巷子的另一頭，一個穿著綠色外套的短髮女孩正在仙姑菩薩殿門口來回踱步。

「盧恩宥！」我大喊。

恩宥聽到聲音，臉上掛著滿滿的笑容朝我揮手。

「妳怎麼會在這？」

「我來拍照。這條巷子出現在電影上已經是好幾年前的事了嘛，我覺得如果放上跟現在風景比較的照片，應該會很有趣。」

「竟然為了寫報導特地跑到這，真厲害，我到現在都還沒開始呢。」

「不只是為了社區報刊啦，也順便來欣賞春天的花，反正就來看看。住宅區感覺好溫馨啊，看到矮矮的樓房，我才覺得自在一些。好像每戶人家都種了一棵樹，圍牆上也擺了好多花盆。風一吹來，小黃瓜和辣椒幼苗也跟著輕輕擺動，我覺得很美，還拍了影片喔。」

「有那麼美喔？」

聽到我這麼問，恩宥點了點頭。這時，我的口中蹦出了意想不到的話：

「這裡就是我家，要來坐一下嗎？」

恩宥的表情很微妙，看來是覺得我的提議很不吸引人吧。是我腦袋有問題，竟然邀請不熟的同學來我家。除了五手指，還沒有任何人來過我家，不過話已經說出口了，我也沒辦法收回。

「好啊，我剛好也想上洗手間。」恩宥說道。

我們打開黑色大門，走進屋內。暗紅磚牆砌成的住宅一樓住的是房東，媽媽和我住在二樓。由玄關分開的另一間二樓房子，住的是一對新婚夫妻。

走上階梯後，一進門我就帶恩宥到洗手間。恩宥一走進洗手間，煩惱便包圍了我。我應該說，好！事情辦完了，現在妳可以走了，還是該說「玩一會再走吧」，同時在「一會」上頭加重音？跟不熟的同學單獨在一起該玩什麼呢？

「妳的房間在哪？」

一走出洗手間，恩宥就問我。我的房間就近在眼前。

「好漂亮。」恩宥說。

也是啦，我的房間雖然連恩宥房間的一半都不到，但確實布置得比恩宥的房間漂亮。

「哇！這是什麼顏色？」恩宥在化妝臺前大喊。

「珊瑚粉色二號，妳要試擦看看嗎？」

「我可以擦嗎？」

恩宥的口氣不太確定，似乎很難為情，但還是照著鏡子擦上了脣膏。我稱讚說很好看，恩宥微微一笑。

「這些都是妳的嗎？」恩宥一邊問，一邊看著我化妝臺上的各種化妝品。

「嗯，化妝品是我唯一的奢侈，不過全都是在街頭美妝店買的，便宜的東西。」

「這樣啊，很多都很漂亮。」

「妳沒有化妝品嗎？」

「一個人去買感覺很害羞。」

「哪有什麼好害羞的？最近連小學生都會去耶，如果覺得一個人去不自在，我可以陪妳去啊。」

我到底是在說什麼，居然說要和恩宥去美妝店？

「真的？妳是說真的嗎？」恩宥瞪大了眼睛，看起來是發自內心覺得開心。

我們走出房間，朝廚房走去。我不停在想「一會」究竟是幾分鐘？十分鐘、二十分鐘？就算是短暫來訪的客人，也該招待些什麼吧。於是我倒了杯柳橙汁給恩宥。

「對了，還有煮熟的馬鈴薯，要吃嗎？」

恩宥點點頭。我把馬鈴薯搗碎，用鹽巴和胡椒調味後，撒上莫札瑞拉起司，接著微波兩分鐘。小小的屋內充滿了香噴噴的味道。

「好好吃，比披薩還好吃，回家後我也要做來吃。」恩宥說。

通常碰到這種情況，幾乎沒有人會說要親自做來吃，因為大家都忙著去補習，根本沒時間做料理。話說回來，恩宥和我有許多共同點，我們兩個都沒補習；恩宥沒有媽媽，我沒有爸爸。還有什麼？沒了！恩宥的功課很好，但我功課不好；恩宥家很有錢，我們家很窮。呃，不同的地方更多耶。

「對了，不知道妳有沒有發現，我們家就只有我跟我媽媽兩人，我爸爸過世了，很久之前，因為車禍。」我一邊用叉子叉起馬鈴薯一邊說。

恩宥把叉子咬在口中，很吃驚地看著我。

「這樣啊。」

恩宥把叉子抽出來，再次拿起沾滿起司的馬鈴薯。我也嚥下馬鈴薯，喝了口水。一時之間誰也沒有說話。

這是第一次，我親口說出爸爸過世的事。五手指知道嗎？有可能知道，也可能不知道，因為我沒說過。也是啦，家庭關係有什麼重要的，又不是什麼天大的祕密。

恩宥把馬鈴薯放入口中，看著我露出了微笑，我也跟著笑了。我的眼睛和恩宥在眼鏡後頭的眼睛交會了。怎麼回事？心情好詭異。我猛地從餐椅上站起來。

「要吃蘋果嗎？」

我從冰箱拿出蘋果給恩宥看，恩宥笑著點點頭。

「恩宥，我有事情想問妳，妳可以回答我嗎？」我一邊削蘋果一邊說。

本來想在氣氛自然的情況下輕鬆發問，但管他的。不曉得我的聲音有沒有在顫抖。

「什麼？」恩宥露出緊張的表情。

「嗯，我們這組不是都在妳家聚會嗎？哎！不對，我本來打算說的是，就是啊……哎呀！我就老實說好了。妳知道宋亞藍吧？就是我的死黨，去年不是跟妳同班嗎？當時聽說亞藍想去妳家看看，因為亞藍家可能會搬去橄欖樹大樓，所以想去看一下，可是妳不肯，這是真的嗎？」

我盡可能不要說得好像在追究什麼。我只是很好奇，既然恩宥會邀我們到家裡開小組會議，那為什麼會拒絕亞藍拜訪。

我感覺到恩宥的眼神有些動搖，開始後悔自己問了不該問的問題。我該怎麼收拾這個尷尬的局面呢？

恩宥輕輕嘆了口氣，「是啊，亞藍一定很失望，可是當時情況就是那樣。媽媽過世沒多久，我實在不想讓任何人來家裡。之所以會邀大家來我家開會，嗯……我希望以後也可以在我們家開會。因為我們家幾乎都沒人在，所以很輕鬆嘛。雖然媽媽過世後，搬到了姑姑住的這個社區，但我和姑姑不怎麼親，所以也不會去姑姑家……好，既然多賢妳直截了當地問了，我也就老實說了。」

恩宥盯著我，我吞了吞口水，也望著恩宥的眼睛。

「是我的錯，當時亞藍讓我感覺很有壓力，現在也是。如果是好幾個人玩在一起就沒關係，但一對一的關係讓我壓力很大。像現在這樣和朋友兩個人面對面坐著，我也是第一次，只要跟誰一對一相處或變熟，就讓我害怕。」

「為什麼變熟會害怕？」

「反正又會分開嘛，所以我不想跟任何人變熟。」

「那如果被排擠怎麼辦？」

「排擠？那就排擠啊。我不怕被大家排擠，我怕的是跟喜歡的人分開。」恩宥的語氣很認真。

午後紅撲撲的陽光從窗戶透了進來，恩宥和我慢慢享用著蘋果，又聊了更多話題。恩宥說自己最後悔的就是沒有常去醫院探望媽媽，因為當時覺得躺在病床上的媽媽的模樣很陌生，所以只想逃得遠遠的，內心只覺得很可怕。

「多賢，妳想念爸爸時都會怎麼做？」恩宥用聽起來淡然的語氣問道。

「最近不太會想到爸爸，因為也過世很久了。」我也淡淡地回答。

如果問這個問題的人是亞藍或秉熙、美昭、雪娥，我也會給出相同的回答。不過我並沒有停下來。塵封在我內心的種種想法，突然化成了言語，一個接一個跑了出來。

「可是，該怎麼說呢？隨著時間過去，我開始有這樣的想法。我不覺得爸爸過世了，而是變成了好幾道風，一直待在我身旁。經過社區公園時，偶爾我會這樣想。槲樹啊，你記得很久以前我們一家人晚上來這散步吧？當時在為禿頭而煩惱的爸爸還戴著棒球帽。我走在中間，一手牽著爸爸，一手牽著媽媽。媽媽哼起了開頭是『木蘭花樹蔭下』的聲樂歌曲。槲樹啊！你要記住我爸爸喔。」

恩宥目不轉睛地看著我，眼神彷彿在說著，她能夠理解我說的每一個字。這是我不曾向任何人說，只有在櫻花蝦部落格上吐露的祕密。感覺心情怪怪的。

但這裡是我們家，是情緒不需要套用濾鏡，可以不假思索就說出來的我的家，我的地盤。

「嗯，現在是不覺得怎樣啦，因為我們這個社區充滿了爸爸的痕跡。記得爸爸的樹木、花朵、街道、爸爸常去的蒸餃店和兔子糕點店……雖然也會羨慕有爸爸的孩子，但我就當作是爸爸去遠地出差了，感覺爸爸會把我長大的過程都看在眼裡……很好笑吧？」

「一點都不好笑。」恩宥露出溫柔的笑容。

在那一瞬間，我的內心揚起了漣漪。再這樣下去，要是我跟恩宥變得太要好的話，該怎麼辦？

誤會

那天晚上我打了電話給雪娥。無論如何我都想讓朋友們知道，恩宥並沒有不把亞藍放在眼裡。雖然我也想過要在群組說這件事，但我沒有信心能完整表達清楚，化解這日積月累的誤會，因此決定先把這件事告訴我的辯護人兼翻譯雪娥。

「盧恩宥的媽媽過世了？」電話另一頭的雪娥聽起來有些詫異。

「她說是因為媽媽過世才搬到這裡，恩宥的姑姑大概是住在橄欖樹大樓吧。」

「可是這跟不把亞藍放在眼裡有什麼關係？」雪娥說。

我屏住了呼吸。

是啊，要用什麼方法理解，媽媽或爸爸過世，永遠見不到對方是什麼感受，那樣的悲傷有多深沉，雪娥肯定無法想像吧。

「看來是我說錯話了，我想說的是，盧恩宥並沒有不把亞藍放在眼裡，好像是因為媽媽過世，才有社交恐懼症之類的。」

「多賢，妳不知道就不要亂說，又不只有那件事。盧恩宥她啊，仗著自己爸爸上了一些節目，大家請她幫忙要簽名也都不理會。還有，問她在江南時上了哪間補習班，結果她說自己沒補習！怎麼可能？這又沒什麼，何必說謊，不告訴別人！」

「她也可能沒補習，她說現在也沒有補習，有需要時才上網路課程。」

「不可能！……喂，妳現在是站在誰那邊？她會騙說自己沒補習，都是為了擠掉競爭者所耍的花招。這世界上我最討厭的就是拿這種事騙人的人，以為自己有點本事就瞧不起別人，真的超級討厭到讓我起雞皮疙瘩。」

我不知道雪娥討厭恩宥到這種程度。

「是喔？我都不知道……對了，雪娥！妳有看到網漫《心臟爆擊》更新的第二十六話了嗎？」

我只好轉移話題。要是再講關於恩宥的事，誤會只會越深。可是網漫話題也沒有講太久，因為雪娥好像還是很氣。我們又聊了一下網漫，才尷尬地掛了電話。

我好混亂。換作是以前，我就會相信雪娥的話。當大家在說恩宥壞話時，我會覺得其中一定是有我不知道的真正原因，可是現在卻不確定了。是盧恩宥在這段期間變了嗎？還是她隱藏了自己真正的一面？

盧恩宥的爸爸有厲害到需要跟他要簽名嗎？我這樣想著，於是上網搜尋了一下，在社群網站找到了盧恩宥爸爸的名字。盧恩宥的爸爸是只要打上名字，就連入口網站也會跑出來、大名鼎鼎的律師。我看了媒體報導和社群網站的文章，好像是因為上了廣播教養節目，也在新聞中提供法律諮商，才慢慢有了名氣。現在除了上Podcast，也替人做免費辯護。

隔天從一大早就開始下雨，一陣風雨吹襲，雪白的櫻花花瓣嘩啦啦地掉落。早上我特地選了一條有成排住宅和小教會的巷弄走。我喜歡下雨天時街上冷冷清清的，少了來來去去的汽車，也不必擔心會被雨水濺到。噙著水氣的樹木綻放出綠意，花瓣不斷被雨水沖刷下來。

「哦？金多賢！又碰面了耶。哇！我們再這樣下去會不會交往啊？」金時厚在我後頭大叫。

「吼！拜託！不要一大早就亂講話。」

看我發起脾氣，時厚咯咯笑個不停。

「不過，你怎麼知道這條路？居然會在這裡碰到。」我問道。

「有人不知道這條路的嗎？」

「也對。」

「我昨天在社區飯館吃了晚餐喔。我很討厭豆腐和豆子這類的，可是醬燒豆腐真的好好吃，妳也找時間去吃吃看。」

「社區飯館？」

「就是我要寫的報導啊，妳這麼快就忘囉？」

「啊！對耶，你是要寫飯館的報導吧？我今天也會去採訪。不過時厚，好像只有我們這組很認真在做社區報刊耶，其他小組完全不放在心上。」

「這有什麼關係？只要我們做好就好了。其實我的母親大人是社區飯館的創立元老喔。我媽是天底下每件事都非得參一腳的活動家，是顆野心勃勃的金頂超能量電池。要是我能考上私立高中，我媽媽搞不好會在社區掛上祝賀布條呢。對了！恩宥的爸爸也是飯館的創立成員。」

「是喔？恩宥的爸爸？」

「嗯。」

我們不知不覺間來到了大馬路，斑馬線對面的學校圍牆上，掛了學校專任警官的宣傳布條。

「不過，聽說恩宥的爸爸想當國會議員，是真的嗎？」

這時綠燈亮起，我們跟著其他同學一起快步走過斑馬線。

「是喔？這我還是頭一次聽說。我媽媽還比較有可能咧，說不定我媽媽以後會去選區議員。」

「有傳聞說，恩宥的爸爸想當國會議員，是為了獲得黨內提名，才搬到我們這裡。」

我們不知不覺已經走入校門，每次邁開步伐，浸滿雨水的運動鞋就會發出啵、啵的聲音。

「嗯，雖然不太清楚，但聽說他對政治不感興趣。」時厚說。

同學們擠在大門邊吵吵鬧鬧的，時厚和我甩了甩雨水直流的雨傘，接著朝教室的方向慢慢走上階梯。

「恩宥的爸爸不是在替有困難的人做免費辯護嗎？只要做了善事，就會有人扭曲好意啦。恩宥家之所以搬來我們這，不是因為家道中落，也不是想獲得黨內提名。你知道恩宥他們家是媽媽過世後才搬來的吧？這裡是恩宥爸爸的故鄉，姑姑也住在這個社區啊。」

時厚在階梯中間停下了腳步，我也跟著停下，和時厚並肩站著。其他班的同學從我們旁邊咚咚咚地跳上樓。

「不要太討厭恩宥。」

時厚沒頭沒腦地說了這句話，我的心頭頓時一驚。

「我不討厭恩宥。」我用細微的音量回答。

「那就好。不過，妳跟宋亞藍很熟吧？」

時厚偷偷盯著我，我用點頭來代替回答。

「抱歉說妳朋友的壞話。唉，還是別說了……不對，我非說不可。去年亞藍一直追在恩宥的屁股後面跑，大概是想跟她變熟吧，因為我也想跟恩宥變熟。她感覺跟其他同學不太一樣，也有很多值得學習的地方。可是該怎麼說呢……她身上有股難以靠近的氛圍。我一眼就看出亞藍讓恩宥很有壓力，但亞藍老愛當跟屁蟲，後來亞藍看到恩宥不跟自己好，才把恩宥當成了死對頭，每次看到恩宥就說她壞話……多賢，妳也會在背後說恩宥的閒話嗎？」

時厚這樣問我，我卻無法回答。我沒辦法說，之前我也跟著一起罵了恩宥，但現在沒有了。

講到這邊，時厚上樓去教室，而我去了二樓。賢宇他們班就只有幾個人，就在我苦惱著應該下課時間再來，還是繼續在原地等待時，正好撞見和朋友一起上樓的賢宇。

「金多賢，有什麼事？妳在等我喔？」

賢宇口氣聽起來不冷不熱的。雖然不知道原因，但他好像不怎麼高興見到我。

「我是為了社區報刊的採訪來的，我不是說要寫關於眼鏡捐贈的宣傳活動嗎？」

聽到我的話後，賢宇露出整齊的牙齒笑得很開心。我們約好午休時間在音樂教室前面碰頭，賢宇默默伸出手，但我不曉得這是什麼意思，所以盯著他看。

「手機！」賢宇說。

我從口袋拿出手機，遞給賢宇。賢宇在我的手機按下自己的號碼，笑嘻嘻地還給我。我的整張臉都燒了起來，還以為心臟要著火了呢。我趕緊大步走到走廊盡頭，上了階梯，心臟撲通撲通跳個不停。我小心翼翼地拿出手機，儲存了賢宇的號碼——很爽快地儲存為「鄭賢宇」三個字。

進教室後，發現班導已經來了，我趕緊走到座位坐好。亞藍轉頭看我，我稍微舉起手跟她打招呼。

第一節課我整個人的心思都不知道飛去了哪裡，根本不知道我究竟發生了什麼事。只知道窗外的雨下個不停，眼前的景色彷彿走進童話故事般朦朧。

不過，亞藍仍不時轉頭偷瞄我。她是怎麼了？我臉上有沾到什麼嗎？

下課時，亞藍和秉熙用眼神把我叫過去，於是我跟在她們後頭來到走廊。

「吃完午餐後碰個面吧。」亞藍說道。

「為什麼？」

「為什麼？」亞藍把我的話重複了一遍，然後笑著說，「我們之間為什麼需要

『為什麼』？」

是啊，我為什麼會問「為什麼」？我是瘋了吧，那句話不是我說的，我的心已經離家出走啦！

「美昭的生日快到了啊，等考完期中考，就幫她辦生日派對吧。我是想說午休時間可以討論一下，跟雪娥一起。」秉熙解釋。

「可是我午休時間有約耶。」

我反射性地蹦出了這句話。而且這不是普通的約會，而是重要的約會，可是話一說出口，我立刻覺得自己又說錯話了。我沒那個意思，可是為什麼對話老是出差錯呢？

「因為約好要做社區報刊的採訪了。怎麼辦？還是妳們先約，之後再跟我說？」

我好不容易才整理好思緒，就看到亞藍瞬間露出冰冷的表情，猶如刀刃般插進我的眼裡。果然，又說錯話了。

「啊！只要早點結束採訪就行了嘛。採訪會提前結束的，結束後我立刻過去。」

我趕緊補上這句，然後一個人嘻嘻傻笑，秉熙也跟著笑了。

一到午休，我的心臟就狂跳不止。我在餐盤裡裝了不到平常一半的白飯和配菜，三兩下吃光後就跑去廁所。先刷好牙，再用吸油面紙清潔臉上分泌的油分後，又梳了梳頭髮，才上樓去音樂教室。

我站在走廊上才不到一分鐘，賢宇就來了。

「來，這個。」

賢宇一來就馬上遞出小冊子，是「請抱抱我」的宣傳手冊。

「拍一張星期一在宣傳活動的照片，再參考這個寫篇報導就可以了吧？」賢宇說。

就這樣？我這才感到扼腕，應該事先準備要問的問題才對啊！笨蛋，我真是天底下第一大笨蛋。

這時有兩個女生和一個男生朝我們走過來。我瞄了一眼，他們似乎是來找賢宇的。那些同學直勾勾地盯著我看。

「我們要去練舞了，要準備戶外教學的才藝表演。」賢宇說。

「哦、哦，好……」

我裝作若無其事的樣子，率先調了頭。天啊，居然這麼空虛。我本來的計畫是這樣的：我和賢宇大聊眼鏡捐贈宣傳活動，然後約好下次見面，等到下課後一起去吃辣炒年糕。吃辣炒年糕的同時，我會遞出耳機，這時他就會問：「這是什麼？」我就可以說：「是禮物！」然後親自替賢宇戴上耳機。

走下一階又一階樓梯，我終於回到了現實。

下過雨後的操場很安靜，鳥兒穿越清澈的天空飛走了。亞藍、秉熙和雪娥就站在另一側的站立區，我拖著沉重的步伐，慢慢走向我的朋友們。

雪娥最先發現我，我揮了揮手，雪娥也揮了揮手。我們之間的距離並不遠，可是朋友的氣氛很微妙。雪娥和秉熙看著我的表情，還有雪娥有點難捉摸的微笑，這是怎麼回事？她們是在討論我嗎？

這時我才想到，看來雪娥把恩宥的事情說給她們聽了吧，而且還是說不好的，但這只是我的感覺。

某種生日派對

期中考結束隔天是戶外教學，我們去了首爾大公園。這是個霧霾指數很高的日子。

早上搭巴士時我看見賢宇了，賢宇他們班是去景福宮，但賢宇的耳朵上戴著新耳機，跟平常不一樣，是紅色繩子。原本打算買給賢宇的耳機還在我的書包裡，結果他這麼快就買了耳機啊，我莫名感到一陣失落。

最令人憂鬱的是巴士的座位。雖然早就料想到了，但亞藍和秉熙坐在一起。我原本心想隔著走道也要坐在她們隔壁，但其他同學已經先占走了座位。時厚說有事要講，所以跟恩宥坐在一起，我只好跟海岡一起坐在後面。

可是，海岡是個單獨跟他在一起時非常無聊、超級無聊、無聊到極點的人，就算只跟他講話五分鐘，也會覺得快悶爆了。

「妳知道什麼動物最節儉嗎？」

是想怎樣！現在幹麼好奇這個啊？

「是蠶寶寶，因為蠶寶寶會結繭（節儉）。」

說完後，海岡自顧自地咯咯笑，絲毫不顧我的白眼已經快翻到後腦杓。

「我們房東家有養一隻叫作趙麥寇的狗，牠姓趙，名字是麥寇。麥寇本來叫作麥克，但聽說以前都把麥克叫成麥寇。牠的眼睛像這樣下垂，長得很善良，而且頭腦很聰明，聽得懂人話喔。」

到底為什麼要跟我講這些？難道我還得知道你們房東家的狗名嗎？在我送出禮物前，賢宇就買了新耳機，加上巴士的座位分配問題，我的腦袋都快爆炸了。我忍不住嘆了口氣。因為不想聽海岡說話，所以我戴上耳機，開啟了播放清單。

「不過牠不久前發生車禍。房東奶奶去了一下超商，回頭卻發現麥寇倒在地上。那時候是一大早，也沒人看到。駕駛肇事逃逸了，真是個超級大渾球。奶奶很傷心地哭著說，那天偏偏沒替麥寇戴項圈就帶牠出去散步了。」海岡半是擔憂半是憤怒，情緒很激動。

「車禍」、「肇事逃逸」這幾個字刺入了我的腦海。我取下耳機。

「……狗狗現在怎麼樣了？」

「要定期去醫院。」海岡悶悶不樂地說。

在我的字典裡，車禍、肇事逃逸都是與痛苦畫上等號的詞語。我的腦中浮現了小狗痛苦倒在地上的畫面，心臟彷彿就要麻痺了。啊！海岡這傢伙真是的，到底為什麼要跟我講這種事啊？我感到眼前天旋地轉，實在不想再思考，所以又戴上耳機，調大音量。海岡緩緩轉過頭，望著窗外。

到了首爾大公園後，亞藍和秉熙只顧著兩個人說話。雖然我們一起吃了午餐、一起行動，我卻變成了透明人。我想方設法地加入對話，一下稱讚亞藍的裙子很漂亮，一下又說秉熙的便當很好吃，兩人卻沒什麼反應，甚至碰都不碰我的便當。我有種不祥的預感，也很不安，可是之所以還能撐下去，是因為週六有美昭的生日派對。難免也會有這種日子嘛，我的心情也像翹翹板一樣隨時變來變去啊，看來她們兩個有很多話要說吧。我這樣安慰自己。

回程巴士上的座位分配也一樣。我聽著音樂，海岡可能是累了，搭上巴士沒多久就呼呼大睡。到了下午五點左右，我們在學校前的十字路口下車，亞藍和秉熙頭也不回地就走進了大樓社區。

我一個人拖著沉重的腳步，全身彷彿都沒了力氣，也因為霧霾的緣故而不停打噴嚏。偏偏在這節骨眼，大樓圍牆上種植的紫丁香又散發出濃濃的花香。

就在我經過大樓社區，走到讀書室建築前時，看到海岡在另一頭獨自前行的身影。不知道是不是還在為麥寇傷心，他的肩膀有氣無力地垂下。

「海岡！這個。」

我跑了過去，一邊大口喘著氣，從書包中取出一個盒子遞給他。

「這是什麼？」

「沒什麼啦。」

海岡聽到後，笑了出來，當場就拆開了包裝。

「哇！謝謝。我的耳機壞了，很久都沒用了。真的太謝謝妳了。」

海岡的語調比平常高了八度。剛才在巴士上的事一直讓我耿耿於懷，幸好他喜歡。

「沒什麼好謝的，是我在路上撿到的。」我開玩笑地說。

海岡拿出手機，插上耳機。

「聽得很清楚。」

聽海岡這樣說，心情好暢快。

星期五一放學我就去了媽媽的店裡。

如果我在店裡時，遇到客人點餐，我會替客人送水過去，但平常的烏龍麵店，一切都是由客人自助，不只開水，連醃黃蘿蔔和泡菜也都是客人自取。媽媽到店裡後，會先製作湯頭和烏龍麵糰，然後就可以開門準備做生意了。客人上門的話，只要把麵糰丟進機器，再把麵條拉出來煮，因此兼職的阿姨也只有晚餐時段才會來。

當媽媽把烏龍麵撈起、倒入湯頭後，我會在上頭放上海苔碎片、油豆腐和茼蒿等配料。把烏龍麵的碗放在托盤上端去給客人也是我負責的。雖然不曉得為什麼，但星期五的客人好多，也有好幾位客人打開店門進來，發現每一桌都坐滿，只好又走出去，甚至看到一群穿著登山服的人在外面等著進店用餐。

一輪客人離開時，我大喊：「哎喲！我的手、腿、肩膀和腰好痠啊，要是再來兩組客人，我的骨頭就要散了。」

「這樣就哎哎叫，才做一下下就累，那媽媽骨頭散掉的次數，用十根手指頭都數不完。」媽媽笑著說，一邊用抹布擦拭著桌子。店內靜靜流瀉出艾爾加的〈愛的禮讚〉旋律。

到了六點，兼職的阿姨來上班後，我就離開了店。出來時媽媽給了我三萬元，只要我來店裡幫忙，媽媽就會發現我是花光了零用錢。我要買美昭的生日禮物，但手上零用錢不夠。

我穿過地下道，從購物中心林立的出口出來，腦中有各種選項在傷腦筋，包括護手霜、日記本、隨身鏡等等。考慮到最後，我買了詩集，鯨魚朝著天空飛翔的封面很討喜。原本打算買日記本，再寫一張祝賀卡片，卻發現自己不太清楚美昭的喜好，而且仔細想想，我從來就沒有和美昭兩人單獨說過話。

隔天，我晚了十分鐘才抵達漢堡速食店。沖澡、吹乾頭髮，加上忙著試穿各種衣服，所以遲到了一下下。雖然是上午，但漢堡速食店的客人也好多。我走上階梯來到二樓，朋友們都坐在窗邊，發現我的美昭揮了揮手。

我大步走向她們，可是接下來的景象卻差點沒讓我的眼珠跳出來——美昭的旁邊坐著黃孝靜。

「快來！對了，打聲招呼吧，這是我補習班的同學，我找她來的。妳認識吧？四班的孝靜。」美昭說。

我頓時感到有顆炸彈朝我的腦袋砸了下來。這是怎麼回事？我用生硬的語氣向孝靜打了招呼，孝靜看到我，臉上掛著微笑，用眼神跟我打了招呼。

接下來就更奇怪了。朋友們和孝靜沒有半點隔閡感，相處得很融洽，只要孝靜說什麼，她們就咯咯笑個不停。尤其是美昭，老是親暱地挽住孝靜的手臂。

「既然人都到了，就來點餐吧。」美昭一一寫下每個人要點的餐點，轉頭對我說：「一起去吧。」

是啊，我看起來最好欺負吧。她肯定不想使喚自己的新朋友孝靜做這種事。替人端漢堡、端可樂，當我是服務生嗎？

我和美昭一起來到一樓，從點完餐到領取餐點，我們都只是呆呆盯著其他客人。

終於等到取餐器的震動聲響起，美孝和我將吸管和餐巾紙放在托盤上回到二樓。不知道大家在聊什麼，只見所有人都看著孝靜笑。一把托盤放在桌面，雪娥就把放在自己座位旁邊的小蛋糕拆封。點上蠟燭後，大家一起唱了生日快樂歌，唱完時美昭吹熄了蠟燭，我們也很熟悉地拍手鼓掌。

吃漢堡前，我們拿出了各自準備的禮物。朋友們分別送了環保袋、行動電源和美甲貼紙，孝靜則是拿出一個四方型的盒子。

「這是什麼？」美昭滿懷期待地問。

「鏡子。」孝靜回答。

「哇！我超喜歡的。」美昭一拆開包裝紙就驚呼。

最後，我小心翼翼地遞出詩集。

「我又沒在看書。」美昭看著我開玩笑。

「是詩集。」我說。意思是說句子都短短的，讀起來沒有壓力。

「管它是詩集還是什麼，我只要看到書就想睡覺。」

美昭的個性很直率，想必不是為了讓我受傷才故意說這種話。就在我很難過自己是不是選錯了禮物時，亞藍開口：

「用來墊泡麵不就好了嗎？」

語氣聽起來像在開玩笑。美昭噗哧笑了出來。

「沒關係，我就趁這機會讀點詩吧。多賢，謝謝妳的禮物。」美昭說著，把詩集放進書包。

漢堡很難吃，新推出的飲料酸酸澀澀的，喉頭感覺好像卡了什麼東西似的，內心也覺得不太對勁。

「我去年生日跟媽媽一起出去玩，我們去看了蠟像展覽、吃了披薩，根本就是極限訓練。」孝靜用爽朗的語氣說。

「真的，跟媽媽玩很無聊。」美昭在一旁搭腔。

也不知道這句話有什麼好笑的，朋友們都跟著咯咯笑個不停。我想盡辦法要跟仰頭大笑的雪娥對到眼，可是雪娥的視線卻只放在孝靜身上。

「等我上了大學，就要租飯店房間開生日派對，還要找很多朋友來，然後在天花板上掛著滿滿的氣球，還要喝葡萄酒。到時也應該會有個很帥氣的男朋友吧！」孝靜帶著彷彿在編織美夢的語氣說道。

孝靜就像自帶光環的藝人，其他人則是來觀賞公開錄影的觀眾，只要孝靜說什麼，她們不是嘻嘻哈哈就是跟著一搭一唱，拿出十足的誠意做反應。至於我，則像是毫無反應的無能來賓，只能低頭猛喝飲料。

「孝靜，妳現在沒有男朋友嗎？」亞藍問道。

孝靜笑著輕輕搖頭。

「原來沒有喔。也對，要在那麼多人中選一個也不容易。孝靜，聽說妳列了一張喜歡妳的男生列表？有幾個人啊？」亞藍又問。

「誰說的？我沒有列耶。」

「可是，畢竟有很多人喜歡妳嘛。光是我們學校就有幾個了？」

「不知道，可能五個吧？」

「才五個？應該有兩倍吧。」這句話是雪娥說的。

「沒有啦，我沒那麼受歡迎。剛開始對方會說喜歡我，但一下子又光速跑掉，因為我是很容易讓人厭煩的類型。」孝靜笑嘻嘻地，似乎很享受這種話題。

「廣播社團的鄭賢宇呢？他現在還喜歡妳嗎？」

亞藍這麼問的同時，第一次悄悄地瞄了我一眼。這不是錯覺，她真的在看我，就在她說起鄭賢宇的時候。

「賢宇？哎呀，他喔……」

孝靜含糊其辭，彷彿跟鄭賢宇之間有什麼精采的故事。

「妳說嘛！是什麼？妳和賢宇怎麼了？妳說接吻的男生，該不會就是賢宇吧？」雪娥開玩笑地問。

我瞅了雪娥一眼。明知我暗戀賢宇的雪娥，從剛才就沒正眼看過我。

「沒有啦！不是賢宇。」

看到孝靜搖手笑著說不是，朋友們也跟著孝靜笑了。

是我太敏感嗎？難道我是指望五手指的組合持續一輩子嗎？也可能會有新朋友加入啊，這個朋友也可能偏偏是市民國中討人厭第一名啊，對一個人的觀感也可能從沒好感變成有好感啊。還有，黃孝靜也可能和鄭賢宇交往嘛，我的朋友絕對不是為了折磨我才說這些的。

我盡量讓自己這樣想，可是心卻不如我願。

那天，孝靜當場被邀請進入我們的聊天群組。最近一整天都毫無對話的群組，突然充滿了活力。

—學校官網上有孝靜的照片，是有專人指導嗎？（上午9：15）

—哇！亞藍好早起耶。星期天不是都要睡到十二點嗎？嘻嘻。（上午10：51）

—已經從教會回來囉。（上午10：55）

—這麼快？（上午10：55）

—一早就速去速回囉。（上午10：56）

—原來是在講我啊。是說在打躲避球的照片吧？那沒有專人指導，一看就是在上體育課啊。（上午10：58）

—是喔？好像在拍海報呢（諂媚貌），哈哈。（上午10：59）

—哪有啦！（上午10：59）

—不過，妳真的要跟賢宇交往嗎？（上午11：03）

—？？？嘻嘻，不知道耶，嘻嘻。（上午11：05）

—感快交往、感快交往。（上午11：07）

—交往啦，交了在甩掉就好啦？（上午11：08）

—這對我可以，哈哈哈。（上午11：08）

—哈哈哈哈。（上午11：09）

我想加入她們的對話，卻無話可說，只覺得錯字看了很礙眼，還有雪娥要孝靜跟賢宇交往後再把他甩掉的言論，也讓我大受衝擊。是我以前都不了解雪娥嗎？我不懂她怎能若無其事地說出那種話。

所以我只能當她們對話的觀眾。曾經以幻想的團隊合作為傲的五手指群組，再也沒有我的半點容身之處。

或許，是從一開始就沒有。

轉眼已經來到五月了。

「兒童節[1]那天店裡也休息，我們要不要去逛百貨公司？就假裝是兒童到處亂逛，然後去買雙運動鞋，怎麼樣？」早上出門時，媽媽在我背後說。

我對每件事都意興闌珊，淡淡地回答：「我那天有約了。」

上學途中又遇見了時厚，他照樣在我旁邊嘰哩呱啦說個不停。

「已經有同學開始穿夏天的校服了，妳還穿夾克，不覺得熱嗎？穿背心出門也可以啊。對了！我幾乎快把歌詞寫好了，等編輯會議時再拿給妳看。」

真的好吵，真希望立刻天崩地裂。

「時厚，我要回家一下，你先走。」

我撇下時厚，掉頭往回走，開始在社區內繞來繞去，走在舉目皆是集合住宅和公寓的窄巷裡。內心的許多疑問頓時如海嘯般席捲而來。

我真的很好奇，美昭怎麼突然跟孝靜這麼要好，朋友們又是怎麼接受孝靜的。怎麼會發生這種事？而且還只有我被蒙在鼓裡。明明她們跟孝靜走得很近，為什麼就那麼討厭我和盧恩宥一起做小組作業？而且感覺她們老是把孝靜和賢宇扯在一塊，難道只是我的自卑感作祟嗎？

我也時不時想起孝靜的臉。孝靜笑的樣子，一雙如牛鈴般大的眼睛，甚至是額頭上方的細碎髮絲。但就算是這樣好了，黃孝靜依然是市民國中討人厭第一名。我很努力這麼想，只要下定決心，隨便都能找出孝靜的缺點。

可是，心卻不肯聽我的話。不管怎麼看，都覺得黃孝靜既有自信又帥氣。她毫無顧忌地跳入足球比賽，就連『因為我是很容易讓人厭煩的類型』這種話也能直率地說出口，誰會不喜歡這樣的人呢？

我的朋友們一定覺得很幸福吧？孝靜這麼有魅力，一定都很想跟她變得親近，只要拋下嫉妒心就行了。她們一定是算好了，要是孝靜加入我們的小圈圈，大家的格調就會跟著提升吧。可是，是「我們」的小圈圈嗎？我還是五手指的成員嗎？

這時，校裙的口袋頓時震動聲大起。

「喂？」

「多賢！妳在哪裡？為什麼沒來學校？剛才時厚說看到妳，妳在哪？」

1 韓國的兒童節為五月五日，是國定假日之一。

班導的語氣聽起來很著急，好像受到不小驚嚇，難道以為我被綁架了？

「抱歉，我忘記打電話給您了。我肚子痛，拉了肚子，可能沒辦法去學校，對不起。」

「是嗎？是腸炎嗎？哎呀，怎麼會這樣。好，老師知道了。對了，別忘了要跟醫院拿診斷證明書。好好保重，明天見囉，不對，看妳明天狀況怎麼樣再聯絡。」

太神奇了，我臨機應變的能力是打哪來的？可是說完謊之後，肚子真的痛了起來。我趕緊加快了回家的步伐。

到此為止！

我因為腸炎而缺席了兩天，就算只吃一點粥也狂跑廁所，晚上又睡不著，稍微睡著一下又會馬上醒來。四周昏暗的深夜，我獨自一人待在房裡，分不清眼前看到的究竟是現實還是夢境。即便我沒去學校，亞藍或秉熙也沒傳來一封訊息，五手指群組內依然甜甜蜜蜜地聊著天，沒有一句是關於我的。

要去上學的前一天，我問媽媽可不可以轉學。

「為什麼？發生什麼事了？有人欺負妳嗎？」

媽媽嚇了一大跳。媽媽以為我是吃了學校前面賣的雞爪才會得腸炎。

「沒有啦！我開玩笑的，只是想去其他學校看看。不是有些學校的校服很漂亮嗎？我們學校的校服太遜了。」

「等上高中就有新校服可穿啦，就再忍耐一年半吧，只要上了高中就會展開美好的人生。入學考試地獄的大門將會盛大開啟，請拭目以待喲。」

媽媽說完後，做了個鬼臉，我也跟著笑了。

不知道是不是這兩天瘦了，裙子穿起來鬆鬆的，到學校後，發現座位已經換了。終於要換同桌了嗎？我的同桌是個女生，但我連她是我們班的都不知道。

恩宥、海岡和時厚各自分散在前面和窗邊的座位，亞藍和秉熙卻坐在前後。我的胃好痛。向來都是這樣，神從來都沒有徹徹底底地站在我這邊。

「妳病得很重嗎？」海岡來到我的座位問我。

這句話明明沒什麼，我的鼻尖卻一陣發酸，好不容易才忍住不讓淚水流下來。

上課時，坐在座位上的我就像一粒塵埃，下課時我和要走出教室的亞藍和秉熙對上眼。不過短短幾秒鐘，卻令人難以捉摸，不確定是在用眼神打招呼，還是當作沒看到我。

今天的午餐是豬排，都到這個地步了，我的食慾還是好得不得了。

吃飯時，恩宥來到我的座位。「兒童節那天有空嗎？我希望可以在我們家開會。」

「好。」

聽到我的回答後，恩宥也沒有回到自己座位上，而是目不轉睛地盯著我。

我拿著湯匙問她：「幹麼盯著我？我長太漂亮？」

我不自覺地開起了玩笑，恩宥露齒笑了一下。

「沒有啦，看妳飯吃得很香，忍不住多看了幾秒。身體都康復了嗎？」

聽到恩宥的話後，我又一陣鼻酸了。這時時厚走過來，輪流看著恩宥和我。

「多賢說可以嗎？」

恩宥看著時厚點點頭，我也看著時厚點了點頭。

「那就約兒童節那天十一點在恩宥家碰面囉。對了！我吃完飯後要把牛奶箱拿去放，但我不想一個人去。有誰要一起？」

時厚看看我，又看看恩宥。

「啊，多賢，妳不是要去交診斷證明書嗎？我也得去教務室，一起去吧。」

時厚盯著我看。雖然覺得很麻煩，但反正我也得跑教務室一趟。

「對了，妳當志工的分數是幾分啊？」一起提著牛奶箱走下階梯時，時厚問。

「不知道。對耶，你要去讀私立高中，所以還得顧好志工服務的部分吧。」

聽到我的話後，時厚重重嘆了口氣。「私立高中，大概是泡湯了！」

「為什麼？」

「我搞砸了這次期中考的國文，申論題兩題、選擇題一題，總共錯了三題。啊！我好想死，可是聽說第七題簡答題接受兩個答案，所以我打算去校務室問看看。」

時厚的語氣彷彿被絕望的雲朵籠罩。我也覺得很鬱悶，雖然想安慰他，卻不知道該說什麼。

「別太擔心，期末考考好一點就好了嘛。」

「唉唷，我的成績可不是學習成績拿到滿分、期末考一百分就能挽回的。數學也錯了一題，英文也救不了。」

時厚看著我露出苦笑，笑容背後仍掛滿了憂慮。看了真讓人於心不忍，只不過是考試錯了幾題，就一副天塌下來的樣子，這是我完全無法體會的境界。

放好牛奶箱，我和時厚一起來到校務室。我交了診斷證明書，準備走出校務室時，看到時厚露出至今從沒見過的嚴肅表情在和老師談話。

因為心煩意亂，想說去散散步好了，於是來到了操場。雲朵在清淨的天空上飄來飄去，真不曉得有多久沒有抬頭看天空了，我從校服的口袋中取出手機，拍了張天空的照片。

我打開洗手臺的水龍頭，冷水嘩啦嘩啦地流了出來。原本想要洗個手，但怕碰到冷水又會想拉肚子，於是又關上水龍頭。我突然很害怕被別人看到我這副模樣。獨自在操場徘徊的孩子，是不是看起來很窩囊？早知道就帶著耳機出來了。在我過透明人生活時領悟到一件事：獨自在外頭聽著音樂走來走去的孩子，有時看起來挺帥氣的。

不知哪裡散發出了花香，我的目光被開始綻放紫色花朵的紫藤花長椅吸引，連帶著坐在長椅上的同學們也映入了眼簾。美昭旁邊坐著孝靜，對面的長椅坐著亞藍、秉熙和雪娥。我的臉頰頓時變得好燙，心臟也狂跳不止。怎麼辦？這時，朋友們也看向了我。

一秒？兩秒？她們隨即將視線從我身上收回，幾個人不知道在講些什麼，只有雪娥多看了我一眼。她是看著我笑嗎？我搞不清楚，可是她並沒有招手要我過去。

但我還是過去了。我想親自確認，自己是真的失去了珍貴的朋友，又或者有萬分之一的可能只是誤會。我也需要決定往後的態度。無論朋友們有沒有孤立我，我是要卑微地跟在她們身邊，或是再次變成透明人。

見到我走近，美昭、秉熙和孝靜瞄了我一眼，亞藍則是從頭到尾都裝作沒看到我。

雪娥尷尬地笑著說：「坐這邊吧。」

可是三人坐的長椅沒有我的屁股能塞下的縫隙，對面的美昭和孝靜則像連體嬰一樣，根本不打算為我讓出空間。於是我就站在原地。

「就預訂一點的吧，早場太趕了。」

「好喔。」

「那由秉熙負責預定嗎？妳不是有優惠券？」

「好啊，我負責預定，到時碰面再給我錢。不過不知道兒童節那天能不能用優惠券耶，要是不行的話，我會在群組說。」秉熙說。

原來現在這種事是秉熙在做啊，過去向來都是我的角色呢。可能是覺得話已經說完了，亞藍猛地站了起來，其他朋友見狀也跟著起身，眾人朝教室的方向邁開步伐，而我繼續站在原地。

「知道吧？說好要去看電影的事。」雪娥離開前對我說。

當然知道了。怎麼會不知道？她們一直在群組嚷嚷著兒童節要去看電影，難道我該感謝她們沒有撇下我，另外開一個群組嗎？

雖然我在心中暗自嘀咕，但我只以點頭代替了回答，接著朝跟她們相反的方向走掉。

距離午餐時間結束還剩下很久。剩下的時間一個人要做什麼？該去哪裡好？畢竟還是春天啊，讓人倍感寂寞的春日。

兒童節當天我睡了懶覺，起床後發現媽媽已經出門了。媽媽和老朋友子卿阿姨一起去了扶餘，說要去申東曄文學館，還要去白馬江搭遊船。

我最先想到的是得洗衣服。媽媽一大早就出門，所以交待我洗衣服，因為樓下房東的兒子是高三生，所以不能在清晨使用洗衣機。

但我來到工具室，發現洗好的衣物已經整齊晾在晒衣架上了。看來媽媽是用手洗好衣服才出門的。想到之前還對媽媽嘟噥說，不想把衣服丟進洗衣機的抱怨，讓我耿耿於懷。

—我正打算洗衣服，發現媽媽都已經做好了。抱歉啦，我是個不孝女。（上午10：13）

我傳了訊息給媽媽，馬上就收到了回覆。

—就只有T恤和幾雙襪子，趁洗澡時三兩下就洗好囉，沒關係的。今天要開心喔。^^（上午10：14）

餐桌上放了紫菜飯捲。媽媽到底是幾點起床的，連紫菜飯捲都做好，還把衣服都洗好了。總之，媽媽真是太偉大了。紫菜飯捲的分量很多，我只吃了兩塊，剩下的先用鋁箔紙包了起來。

我打開窗戶讓空氣流通，沖了個澡，再用吸塵器吸了地板後才出門。我在約好的時間來到恩宥家，發現大家都已經到了。恩宥的爸爸工作繁忙，已經去辦公室上班了。時厚和海岡穿著運動服在客廳看電視。想必那些人現在已經在電影院碰頭了吧……算了，別再想了。

我拿出紫菜飯捲。

「哇，我是第一次吃到這麼好吃的紫菜飯捲。」

「我也是，多賢，妳媽媽的手藝好棒。」

恩宥和海岡吃著紫菜飯捲，讚嘆連連。

「我媽媽是開烏龍麵店的，你們不知道嗎？」

聽我這麼說，大家都一臉吃驚。

「店開在哪裡？我們一起去吃吧。」

恩宥表現得最積極，不像只是隨口說說。不知不覺的，我們已經很習慣以開會的名義在恩宥家集合，吃點東西，聊聊天。可是今天的時厚卻很反常，也沒說幾句話。雖然看他吃了很多紫菜飯捲，表情看起來也沒什麼異樣，我卻有點在意。

客廳茶几上放了恩宥寫好的報導，我也從書包拿出「請抱抱我」的報導大綱。

「抱歉，我還沒寫好，還有很多地方要修。」時厚說。

「沒關係啦，我也還在寫。反正還有時間，就繼續寫下去就好。」海岡安慰時厚。

「聽說國文那個爭議題，最後討論是不同意有兩個答案耶，沒關係嗎？」

我看著時厚，小心翼翼地探問，恩宥和海岡也露出緊張的眼神盯著時厚。

「沒關係，我也藉這個機會徹底放棄私立高中了！心情暢快多了。」時厚說。他不只是講講而已，表情似乎也很暢快。

我問：「只錯了幾題就這麼快放棄？不是還剩一年半嗎？」

「本來入學考試就是靠一、兩題定勝負的，聽到我說要放棄全國不分區私立高中，班導也說我這樣想就對了，還說再執迷下去也是勉強自己。」

「那你爸媽怎麼說？」恩宥問。

「哇，我這次真的超級尊敬我爸媽的！」時厚拉高了音調。

我咕嚕吞了吞口水，看著時厚。

「爸爸說沒關係。他平時都不會多說什麼，但如果說『沒關係』就是真的沒關係。可是，你們知道我媽媽說了什麼嗎？」

時厚說到這邊停住，目光掃視了我們一圈。看他這樣大聲嚷嚷，果然很金時厚。

「我媽媽說：『哎呀，太好啦！』還點了炸雞來慶祝。媽媽說，如果要讀私立高中，為了應付面試平常就得一直唸書，還要做志工，還要為了一個考題嘔心瀝血，根本是自討苦吃。媽媽說，以後就開心的度過國中生活吧。」

「真是幸好。也對，你媽媽真的滿酷的。」恩宥露出微笑。

「總之啊，我媽媽的恢復力真的很強，我也想向媽媽學習這種樂觀的性格。話說回來，恩宥妳不打算上私立高中或特目高[2]嗎？妳不是都符合資格？」時厚問恩宥。

「一點也不想！我要去上普通高中。說來話長，但總之我絕對要選普通高中！」恩宥以開朗的口氣說。

我看著時厚問：「既然不上私立高中了，現在也不必對在校成績斤斤計較啦，想必對社區報刊的熱情也熄滅了吧？」

「那可不！我決定要成為記者。我的夢想有多崇高，妳是想像不到的。雖然今天我沒有把報導帶來，但我已經寫好初稿了。我們就好好製作一份精采的社區報刊吧！」

聽時厚這麼說，海岡也在一旁幫腔：「好啊，我們就好好做，然後一舉拿下最優

---

2 特殊目的高中，以選拔特定科目的優秀人才並加以培養為目的之人文高中，像是科學高中、外語高中等。

秀獎吧！說起得獎，我就只拿過主日學校的全勤獎而已。」
看海岡一臉笑嘻嘻的，恩宥和我也跟著笑了。
「那我們趕緊討論完這個，再一起吃點東西吧。」
恩宥一邊說，一邊拿起放在桌上的報導。她把列印出來的照片拿給我們看，是遇到我那天拍的社區照片，也有把獨立電影的畫面截圖下來的照片。沒想到，裡面也夾了有我的照片。
「咦？這是什麼時候拍的？」我問道。
那是一張抓拍我的側臉的照片，好像是恩宥在我打開化妝臺抽屜時拍的。
「是我拍得太神不知鬼不覺了嗎？除了這張還有一張，是我為了做紀念印出來的。因為那我是第一次去朋友家。」恩宥淡淡地說。
「哇塞！」海岡大喊。他這人很詞窮，所以隨時都會來一句「哇塞」。時厚也很吃驚。「妳沒有去過朋友家？」
「也不是這輩子第一次啦，幼兒園時當然去過辦生日派對的朋友家。」
「哇！那是為什麼？」

「因為我總是被當成透明人。」恩宥說。
「哇噻！」
「真的？其他人是嫉妒妳吧。」
「不是嫉妒，是我適應不良，因為小學三年級時我去美國待了兩年才回來。」
「妳以前住在美國？」
「爸爸當法官時去進修的。爸爸回國後，我和媽媽又多待了一年才回來，但在學校除了我，還有一些同學也是從國外回來的。那些同學都過得很好，只有我不善社交，大家都不喜歡我。」
「妳一定很難過。」
「妳一定很痛苦。是因為這樣才轉學的嗎？」
「那倒不是。雖然說這些你們可能會覺得很奇怪，但我度過了既像透明人，又不像透明人的生活。剛開始當然很痛苦，還曾經因為太痛苦，很想逃跑。」
恩宥說到這，微笑了一下，我們三個則是瞪大了眼睛，看著這樣的恩宥。
「我跟媽媽說我想轉學，看是要回美國還是轉去別的學校，結果媽媽說，世界上不可能每一個人都喜歡我，就算是最紅的藝人也有人討厭啊。我覺得媽媽說得很有道理。」

「好殘酷的事實啊……」

「媽媽說，也沒有同學是全校同學都喜歡的啊，因此要我別在意討厭我的同學。她還說，光是專注在那些喜歡我的人身上，人生就已經太過短暫了。」

「但說起來簡單，做起來難啊。」時厚說道。

恩宥看著時厚，點了點頭。

「正如媽媽所說，我想專注在喜歡我的人身上，但問題是沒人喜歡我，所以我只好埋頭讀書，讀了超多英文書。我也常聽別人說我是認真蟲，但那又怎樣？後來，我連同學們討不討厭我都不放在心上了。」

「哇噻！就算我重新投胎也沒辦法做到。」海岡膽顫心驚地左右甩了甩頭。

「現在我就算是一個人也過得很好。我會看書、看電影，或是去游泳池。說實在的，我不怎麼喜歡老是結群結隊的行動，所以也沒什麼好可惜的。雖然一個人在家也有孤單的時候，但有無數的作家和導演成為我珍貴的良師益友。」

「哇！各位現在正在聆聽的，是原汁原味的認真蟲大人的一席演講。」

時厚的語意很滑稽。雖然是開玩笑，我卻笑不出來。

「反正我們所有人都跟樹木一樣，是孑然一身的。只要好朋友之間成為彼此的陽光和微風，互相幫助對方茁壯、成長為獨立的大樹就行了。像是分組作業遇見像你們這樣的好朋友，或是做志工、去社區飯館時，又會在那裡遇見很棒的朋友，這樣就夠囉。」

恩宥說話真像個歷經滄桑的老人。這時，海岡突然舉手發問：

「等一下！我們是好朋友嗎？對恩宥妳來說？」

「不是嗎？的確是好朋友啊……」恩宥的語氣有點含糊，她抿嘴露出微笑，接著觀察我們的神色繼續說：「不過，我很難跟別人一對一的變親近。只要感覺到會變成死黨，我就會開始立起一道銅牆鐵壁。」

「為什麼要立起銅牆鐵壁？不要啦！」

「對啊，那等於是孤人。」

海岡和時厚同時露出嚴肅的表情。我雖然聽懂了恩宥的話，卻無法加入對話。

「孤人？」

「就是孤立自己的人。或是說，自願被排擠的人。」時厚說。

「當然以後也可能不一樣。在這之前，我也不讓朋友來我們家裡，可是現在就算你們來了，我也覺得很自在，而且我也去過多賢家了。」恩宥露出燦爛的笑容。

這時，時厚開始喊肚子餓，說要一起湊錢點炸醬麵吃。但海岡說自己沒錢，我的口袋也只有兩千塊，於是恩宥把冷凍庫的披薩加熱後拿了過來。

時厚撕起一片披薩，「每次都來白吃白喝，真是有點不好意思。」

「不用不好意思。這個家就只有我和爸爸，但冰箱有太多吃的了，姑姑也常拿小菜和水果過來。她出手很大方，去超市時都會買超多東西過來，你們能替我處理掉，我感謝都來不及。」

說到這，恩宥又起身去拿了柳橙汁、番茄和好幾種餅乾。滿滿一桌都是吃的，兒童節的午後真是輕鬆又自在。

我們在客廳嘰嘰喳喳聊個不停，東吃西吃，後來又跑去恩宥的房間。海岡一走進房間，就取出插在書架上的恩宥相簿，裡面是和過世的媽媽一起拍的全家福、幼兒園時期的照片，以及就讀美國學校時的照片。其中有張照片吸引了我們的目光。
「咦，這張照片是什麼？好像是壁畫耶，像是在示威。」時厚說道。
我們紛紛探頭仔細端詳那張照片，是身穿藍色短袖T恤的小學生恩宥，和恩宥的媽媽一起站在龐大的壁畫前，對著鏡頭笑得很燦爛。
「的確是一幅描繪示威的畫作，好像是反對越戰的示威，以及傳達黑人人權運動訊息的那種畫作。這幅壁畫位於柏克萊大學附近，爸爸很喜歡這幅畫。爸爸認為記憶很重要，說『記住』就是一種愛，無論那是個人或是歷史。啊！這裡，爸爸有貼上照片的主題耶。」
恩宥興奮地說著，然後以流暢的發音讀出寫在照片旁的主題：
「A people's history of Telegraph avenue.」
雖然不是第一次聽恩宥說英文，但時厚、海岡和我都豎起大拇指。
「噢！哇塞！」
「帥呆了。」
我們看著彼此，咯咯笑了起來。

我們離開恩宥家，來到附近的美妝店。恩宥說想去逛一次美妝店，時厚也正好打算買父母節[3]的禮物。時厚買了要送給爸媽的乳液，恩宥也挑選了爸爸的化妝水與乳液組合。我替恩宥挑了脣膏和眼影。老實說，要挑選適合恩宥的脣膏花了不少工夫，因為不管擦了什麼在恩宥的嘴脣上，看起來都不太協調。

我買了護手霜。因為在舉辦買一送一的優惠活動，我把其中一條給了海岡。

海岡嘿嘿笑著說謝謝。「哇！是草莓口味的。要是擦了這個，人家會以為我吃了草莓吧。」

我們在走出美妝店後解散，這時是下午四點十五分。我正在考慮是要直接回家，還是一個人再逛一下，卻感覺到有灼熱的目光盯著我的後腦杓。我自然地轉過頭，看見雪娥和美昭站在手機店前。大概是和亞藍、秉熙和孝靜看完電影，大家解散後的回家路上。

雪娥、美昭和我停格的看了彼此兩秒鐘。準確來說，是美昭不滿地瞪著我，似乎是在我和恩宥、時厚、海岡走出美妝店開始就盯著我了。美昭不知道跟雪娥說了什麼，後來直接過了斑馬線。

管她們怎樣咧。我轉過了頭，馬路上有好幾輛公車呼嘯而過。這時，雪娥朝我走了過來。

「多賢，妳怎麼沒來電影院？」雪娥問道，帶著質問的口氣。

「又沒有預訂我的，為什麼要口是心非？」

我也冷冷地反擊，雪娥露出有點吃驚的表情。

「原來是這樣啊，妳想站在盧恩宥的陣線，所以才背叛了我們吧？」雪娥說。

我突然覺得血液往腦門衝了上來。真是做賊的喊捉賊耶，竟然說我背叛她們？

「去那邊說吧。」我說道。

我們朝保健所大樓後方走去，這裡沒什麼人經過，也聽不太到車流聲。

「我們就打開天窗說亮話吧。是我背叛了妳們嗎？我倒是想問問，到底為什麼突然排擠我？雪娥妳又為什麼要跟其他人說我喜歡賢宇的事？」

---

3 有別於臺灣分別有父親節、母親節，韓國是過父母節，為五月八日。

我如機關槍般連環開炮，感覺腦袋裡好像有保險絲燒斷了。

雪娥也很激動地大聲嚷嚷：「是妳先站在盧恩宥那邊的啊。我看妳被當成透明人，一副無精打采的樣子很可憐，才好心拯救妳，沒想到妳不懂得感激，反而恩將仇報背叛我們。」

「原來是這樣啊，妳覺得自己拯救了我吧。妳問我為什麼沒去電影院？是因為需要有人跑腿買可樂嗎？少了一個好欺負的冤大頭，覺得可惜？」

「哇，妳總算露出真面目了。妳就是這樣，才會老是被當成透明人。一下子往這倒，一下子又往那倒，妳覺得盧恩宥會跟妳這種人玩到什麼時候？像妳這種人啊，擺明了就是被人排擠的命，妳就一輩子這樣過吧。」

雪娥撂下狠話。雖然我也半斤八兩，不過雪娥一反常態的這番話，無疑是在我滾燙沸騰的心臟上澆了桶冷水，我突然整個人清醒過來。

「原來妳一直都是這樣看我的啊。我知道了，就到此為止吧，我不想再跟無視我的人說任何話。另外我要聲明，我並沒有站在恩宥那邊，也不打算站誰那邊，更不想搞什麼小圈圈，我要像一隻街貓一樣獨來獨往。」我故意用冷嘲熱諷的口氣說道。

「好啊，那妳就試試看吧，我拭目以待。」

雪娥留下這句話後，轉身就走。

我佇立在原地好久，心情遲遲無法平復，想著過去壓在內心許久的話，居然連開口都來不及就這樣沒了。

回家後，我退出了五手指的群組。

媽媽超過晚上七點才回到家。我吃著媽媽買回來的煎餃，一邊聽媽媽分享在扶餘度過的一天。落花岩、遊船、在休息站吃的馬鈴薯，還有因為行程延遲和塞車而卡在高速公路上等等，這生氣勃勃的一天全都被攤開放在客廳。尤其媽媽說自己實在太喜歡申東曄文學館了，以後想再去。

我在十點左右進了房間。好疲倦的一天啊，我關掉燈，躺在床上打算睡覺，淚水卻不由自主地奪眶而出，就算用衛生紙擦掉，還是源源不絕地湧出來。

剝去櫻花蝦的外殼

那天之後，雪娥說的話就在我的腦中播放無限次，而最令我心痛的是，她說讓原本是透明人的我加入了自己的團體，我卻背叛了她們。

聽到背叛這麼重的字眼，我忍不住開始胡思亂想，包括孝靜在內的五手指全新組合，現在又是怎麼談論我的？

「早就料到了，她本來就像便利貼一樣輕浮嘛，一下貼這，一下貼那。」

「她的屁股很輕浮啊，搖來晃去的。」

「不過啊，不覺得多賢的屁股很像鴨子嗎？」

「看看她癩蛤蟆想吃天鵝肉的樣子。」

說到這，她們幾個又會笑成一團吧，我太了解那些人毀謗別人的方式了。

我決定只走後面的巷子，只要走後門，就不會遇到那些長舌婦了。但因為繞了遠路，時間變成了兩倍。白天基本上很炎熱，看到五月的陽光從雪白的花瓣之間潑灑下來，我實在好想飛得遠遠的。

在家時算是滿自在的，玩手遊、看個電視、聽聽歌、看點書之後，就不太會想東想西。可是在學校時實在很彆扭。亞藍看我的眼神，也不知道是在瞪我還是在藐視我，但眼神傳達的訊息倒是很明確。

「妳現在玩完了！」

秉熙則是當我不存在一樣，就算偶爾在走廊上遇見雪娥或美昭，她們也會裝沒看到我就走過去。那短暫的幾秒鐘，都會讓我的腦袋像是被炸彈轟炸般頓時一片空白，不管是老師或同學說的話都聽不進去，地球彷彿正以攻擊我的方向在自轉。

所以每天到了早上我就會肚子痛，頭也痛。只要坐在教室，就覺得胸口喘不過氣。我像是少了羅盤卻被獨自丟在沙漠的人，不，比那更嚴重，我總覺得不只是五手指，連其他同學也在竊竊私語，說我的壞話。

我甚至迫切地想像會有股暴風突然襲來，把我們學校整個徹底吹走，又或者是來一場地震，學校就會停課到重建完畢吧？要是不多不少，大家能夠整整一年不去上學，那該有多好？等到再次返校，也就是說再見的時候了，那我們又會變成什麼樣子呢？

幸好社區報刊的小組同學還是經常跟我攀談。

恩宥說：「寫報導時要講求簡潔有力，但我覺得很難。我的文章有太多逗號了，大概是因為腦袋有太多想法，沒辦法整理得很有條理。」

像恩宥這麼擅長寫作文的同學也會有這種煩惱啊。不過因為有了能說話的對象，我感激得都快哭出來了。

午餐時間，海岡跑來問我：「妳知道Zoocent[4]嗎？」

「不知道，那是什麼？」

「聽說動物講解員叫作Zoocent，我聽主日學校的老師說的。多賢，我以後當Zoocent如何？」海岡一臉認真地問。

「很好啊，你喜歡動物，當講解員應該很適合。」

「可是除了動物講解員，我還想當別的。我們教會附近有一家狗狗幼兒園，大家去上班時可以把狗狗託給幼兒園，下班再帶回家。那裡的老師都帥呆了，圍裙是這樣圍的喔，表情也好開朗，和那些狗狗也很親暱。多賢，妳不覺得我能把寵物狗狗照顧得很好嗎？」

「你肯定能勝任！」

我甚至發自內心地豎起了大拇指。海岡高興得連鼻孔都張得好大。

仔細想想，海岡經常跑來我的座位，而且是在我和亞藍、秉熙變得疏遠之後。海岡一跑來，時厚自然也就來了，還有恩宥。

「勿將我的死告知敵人！這句話是誰說的？是麥克阿瑟將軍還是李舜臣將軍？」海岡問。

聽他這麼一問，我也混淆了，恩宥和時厚也一起側著腦袋想。

「我們教會在舉辦詩畫展，如果能用那種剪刀剪下圖畫紙的輪廓應該不錯，但那叫什麼？你們知道那種剪刀吧？它叫什麼？就像這樣，可以剪出三角形、四角形的剪刀。啊！到底是叫什麼？」

海岡又心急地詢問，但我們三個都不知道他在講什麼，只能盯著他的嘴巴看。

「啊！我想起來了！暴牙剪刀！夥伴們！也可以用詩畫展的暴牙剪刀吧？」

4 由「Zoo（動物園）」和「Docent（講解員）」結合而成的字。

「你是不是要說鋸齒剪刀？」恩宥說。
「哇噻！沒錯！鋸齒剪刀！恩宥妳是天才耶！」海岡露出驚喜的表情看著恩宥。居然說暴牙剪刀！我差點沒把正在喝的牛奶噴出來。多虧了海岡，我們都忍不住捧腹大笑。

只要海岡在旁邊，我們好像就會一起變成呆頭呆腦的搞笑藝人，所以我很喜歡。心情低落時能稍微停止思考，開心地笑一笑也不錯。

獨自一人的晚上，少了必須隨時查看的群組，也就沒其他事可做了。我會打電動打到很晚，接著在部落格背景音樂的陪伴下入睡。既愚蠢又不安、彷彿失去動力的夜晚，要是繼續這樣下去，我可能會變得跟魷魚絲一樣乾巴巴的，於是，我在櫻花蝦部落格上寫起文章。

五月十日

紫花地丁，你好！

我是在花朵辨識應用程式上認識你的名字。你的紫色花朵真討喜，我的眼睛很尖，一眼就認出了在巷弄圍牆的玫瑰藤蔓底下高傲綻放的你。我應該會喜歡上你哦，你也很高興見到我吧？

我喜歡櫻花蝦，又在角落發現你的身影，大概是因為我很容易被嬌小柔弱的東西吸引吧。

你也喊一聲我的名字吧，知道了嗎？我班上的同學跟老師好像不知道我是誰。名字當然是知道啦，可是他們對我完全不感興趣，在學校的一天就像百萬年一樣漫長。我啊，根本是教室裡飄浮的塵埃。

所以啊，紫花地丁！你要喊我的名字喔。如果上學的路上看到我，要跟我打招呼，跟我說：

「金多賢，今天又是美好的一天！」

五月十一日

我連續聽了好多莫札特的曲子，像是〈農夫的婚禮〉、〈雪橇〉、〈玩具交響曲〉。

反覆聽著〈雪橇〉，不知不覺地就開始期待起聖誕節了。

五月十三日

就連老師的面試也順利結束了，社區報刊「請抱抱我」的報導終於完成。雖然只是初稿，而且還需要檢查有沒有拼錯字。

加油、加油！

五月十四日

有個朋友說，我們每個人都跟樹木一樣孑然一身，只要好朋友之間能成為彼此的陽光和微風就行了。她說，幫助對方茁壯為獨立的大樹，那就是朋友。

我老是想起這句話。

—我的文章我自己回，哈哈。朋友應該是平等的關係，可是別人卻總是無視我。

現在想起來，我就像一株雜草一樣，總是擔心失去朋友，過得戰戰兢兢。不管是送禮物給別人的習慣、看人臉色或拒絕不了別人，只要小看自己，別人也就不會尊重我。

拿出自信來吧！

五月十五日

大蒜麵包超簡單食譜：在融化的奶油中加入蒜泥和糖，塗在吐司上頭，用平底鍋煎，最後撒上香芹粉——完成！

我拍下大蒜麵包的照片傳到社區報刊的群組，立刻就有人給了回應。

今天是彈性放假日，我一個人在家，但我跟小組的同學們在用訊息聊天。

仔細想想，世界上沒有人是完全的孤島。所以我也不必陷入孤島的自我憐憫，也不需要畏畏縮縮！就是這樣！

五月十六日

不敢告白，是因為害怕被拒絕，這時需要的是「那就算了」的精神。如果告白後慘遭打槍，只要這樣說就行了：「是喔？那就算了！」

五月十八日

付費看了一部叫《無名小卒》的電影，是在我們社區拍的獨立電影。超感動的！我給五顆星！毫無存在感的主角過著祥和的日常生活，感覺好帥氣，讓人心生嚮往。

我的簡評：沒有存在感又怎樣？無名小卒又怎樣？那就是我，不然是想怎樣！

在部落格上寫下文章後，電影帶來的感動又延續到了隔天，腦中也不時浮現主角在我們社區的巷弄裡奔跑的模樣。好想把這部電影介紹給更多同學。反正社區報刊上會刊登恩宥的評論嘛。不過到了晚上，我又忍不住想起了電影。

五月十九日

雖然我是「nobody（無名小卒）」，但也可能成為「somebody（大人物）」。我為什麼要過著不被尊重的人生？我才不要。

就算孤單也沒辦法。沒關係，只要能用「自己」徹底填滿靈魂的空缺就行了，而且，好朋友會一個接一個出現的——沒有的話，那就算了！

五月十九日，第二篇文章

在朋友們離開後無比空虛的位置上，不知不覺中，一層又一層堆疊起以「自己」為中心的句子。

透過寫文章，我一點一點地產生了自信，我不想再過得畏畏縮縮的了。所以，其實我也沒有苦惱太久，因為我已經不再是昨天的我。我決定將櫻花蝦部落格轉為公開。

當然在轉為公開前，有需要好好整頓一些地方，首先是稍微修改把部落格名稱訂為「櫻花蝦」的緣由：

我在外公外婆家第一次看到了櫻花蝦，我覺得牠們在充滿水草的水族箱游泳的模樣好美。

櫻花蝦是一種在乾淨水質中生存的淡水蝦，在身體成長過程中會定期脫殼，脫下空殼跳躍的樣子看起來極為神祕。

我原本在最後寫上希望能像櫻花蝦一樣自由地脫殼，但最後刪掉了。另外我也在原本空著沒填的個人介紹欄上寫上了簡短的幾句：

此時此刻我需要的，是「那就算了」精神！

還有「不然是想怎樣」精神！

我把背景音樂改成納奈莫樂團的〈就放聲大笑吧〉。這首歌可以在納奈莫樂團的官方部落格上免費下載。成為粉絲後，我也才終於知道納奈莫（Nanaimo）的意思。據說納奈莫是北美原住民的語言，意思是「在此齊聚一堂」。

五月二十日

決定公開部落格的深夜。

我想起很久以前一位影評家在電視上說的話。有一位不知道是在進行反抗運動或獨立運動的女性革命家，在拒絕求婚時說出了這樣的回答：

「我深愛著你，但我並不屬於任何地方。我只不過是屬於歷史罷了。」

好帥氣。現在的我也處於不想屬於任何地方的狀態。

我也想如同樹木般挺拔矗立，儘管風吹來時仍會跟著搖曳。

沒關係，因為葉片會變得更加翠綠，樹根也會更加穩固。

心臟怦怦跳得好快。要是別人說這個部落格很遜怎麼辦？要是有人看過之後說「哎呀，這人是認真蟲耶」怎麼辦？昨天的我時不時就想跳出來擔憂。最後，我如此安撫自己的心：

「對啦，我就是認真蟲，不然是想怎樣！」

陌生的街道，陌生的距離

我沒有睡好，被鬧鐘吵醒後，發現在我的部落格訪客名單上有恩宥和時厚的留言。

—我都不知道妳有經營部落格耶，帥喔。這麼棒的東西怎麼現在才公開？《無名小卒》的影評很不錯！嗯，除此之外，最新文章也讓人亂感動一把的。給妳個讚！很有共鳴！我會常來玩的。

什麼嘛，到底是寫了幾句啊？我一陣鼻酸，眼淚都快掉下來了。

時厚是這樣寫的：

—噢噢！我看到妳在群組分享了介紹文，所以就來看看。時厚到此一遊！對了！別忘了星期五午餐時間要開編輯會議。

把部落格轉為公開後，我就在社區報刊的群組說了，但沒想到會這麼快收到迴響。

今天的早餐是吃泡菜鍋和煎蛋。

「妳今天吃泡菜鍋吃得很開心嘛，之前還說一大早吃身上會有味道，所以都不吃。」媽媽說。

「我有嗎？哎呀，很好吃啊。」我輕快地回答。

「媽媽本來打算煮其他湯的，但冰箱沒有食材了。本來想弄剩的烏龍麵湯底給妳呢，幸好妳吃得很香。」

「沒關係啊，超級好吃！」

聽我這麼說，媽媽莞爾一笑。仔細想想，我確實經常在早上挑三揀四的。擔心髮絲會沾上味道，所以不吃鍋類，只要絲襪有一點脫線，就變得神經兮兮。

「媽媽，妳是什麼時候結交到一輩子的知己的呢？我是說子卿阿姨啦，阿姨是國中同學還是高中同學啊？」

我問完之後，媽媽瞪大了眼睛。

「一輩子的知己？好久沒聽到這個說法了。子卿是我的高中同學，不過現在的孩子也會說一輩子的知己嗎？那不是只有武俠小說才會出現嗎？話說回來，純情漫畫應該也有不少少女情懷的橋段吧。不過，媽媽並不相信什麼永遠的朋友喔。」

「為什麼？媽媽跟子卿阿姨不就是一輩子的知己？」

「我們高中畢業後就沒什麼聯繫了，直到幾年前才在同學會上重逢。子卿對朋友非常好，所以我們私底下約過幾次，後來才知道原來她是來拉保險的。」

「那媽媽為什麼會跟子卿阿姨這麼要好？」

「媽媽的另一半過世，子卿也離了婚，因為處境相似，所以偶爾會通電話、互傳訊息，一起吃飯、看電影囉，也會聊聊人生，分享孩子的事。朋友就是這樣，會有一陣子疏遠，然後又會在意想不到的時間地點相遇。人際關係都是這樣。」

人際關係都是這樣？聽起來有點哀傷。

到了學校，感覺空氣變得跟之前不一樣了。

海岡一看到我就說：「多賢，妳怎麼現在才來？我把妳部落格的文章都讀完了。」

「真的？全部？」我邊放下書包邊回答。

班上同學聽到海岡的話，視線都集中在我身上，亞藍和秉熙也露出好奇的眼神看著我。

「沒有啦，沒有全部看完，但是很不錯耶！特別是那句『那就算了！』哇噻！跟我的想法一模一樣。」

海岡興奮得口沫橫飛，被他這麼稱讚，我也莫名地得意起來。我本來想回他：「哎呀，沒什麼啦。」但只是跟著一起傻笑。

平常跟海岡一起踢足球的同學也紛紛好奇地問：「部落格？什麼部落格？」偷瞄我的亞藍和秉熙很快就收回了視線。她們有聽到海岡說什麼嗎？五手指那些人會去搜尋我的部落格，閱讀我寫的文章嗎？我不知道，但不管她們有沒有搜尋我的部落格，如今都跟我不相干了。

佛誕日的下午，我和媽媽搭公車去了另一區的傳統市場。我們在有著花朵全數落光的翠綠櫻花樹與電線杆的社區下了車，在猶如漁網般迤邐的電線底下，掛著密密麻麻用中文寫的招牌。

「又沒有要買菜，為什麼要來這裡？」我問媽媽。

「想來外面的餐廳吃飯啊。」媽媽說道。

久違的家庭外出日，這天空氣清新，天氣也很晴朗。第一次探訪的那個地方很神奇，有販賣月餅、臭豆腐和烤魷魚串的攤販，觸目皆是販賣不知名蔬菜的店鋪。市場散發出獨特香料的氣味，我的心情有些興奮，就像來到國外旅行。我們步入了有中式水餃、羊肉串和麻辣燙餐廳的街道。一來到陌生的街道，什麼煩惱啊，擔憂啊，都全部拋到腦後了。

我們點了擔擔麵和羊肉炒飯。

「媽媽，我希望世界上只住著喜歡我的人，雖然我知道這不可能……」我喝著放在桌上的水，這樣跟媽媽說。

「就是啊。」媽媽也喝著水，漫不經心地回答。

「我想了想，就算我做了什麼，討厭我的人也還是討厭我，再怎麼努力也無法挽回那些人的心，所以我下定決心了。」

「什麼決心？」

我們點的食物一下就上桌了，媽媽開始吃起擔擔麵。

「就是只把心思花在喜歡我的朋友身上。要是沒人喜歡我，那我會先喜歡自己。」

在媽媽面前大聲說出我的宣告後，心情頓時變得輕盈許多。

「噢，我們多賢好聰明啊！是啊，要是有誰討厭我，就要先想想看我有沒有需要改正的缺點。如果沒有，而是因為有人討厭我的存在本身，那不去理會也沒關係。」

「不過話說得容易，做起來難。要是有人對我恨之入骨，我也沒辦法不在意。」

聽到我這麼說，媽媽停下了筷子。

「這個問題確實很難，但只要專注於自己的人生，也就不會去在意對方是不是討厭我了吧。辱罵又不會穿透身體跑進我的肚子裡，就讓他們盡情去討厭吧，不然是想怎樣！」

我忍不住笑了，因為「不然是想怎樣！」這幾個字。

「不必過度浪費能量在他人的視線上，不管別人說什麼，都要專注在妳自己身上。」

有時媽媽會刻意加重語氣，一字一句地慢慢說，這句話就是這樣。不過，「專注」這兩個字走進了我的心裡。恩宥也說過類似的話呢。

我很喜歡這番跟媽媽的對話，只是最後媽媽卻又非得潑我冷水。

「不過，妳真的不用補習嗎？要不要補個英文或數學？」

又提這件事。媽媽看到我的期中考成績後變得貪心起來。我的成績比一年級進步了一點，真的只有一點點，可是媽媽覺得我很厲害，她覺得只要再加把勁，成績就能進入前段班。

「唉唷，老是補習、補習的說個沒完。」

聽我這麼說，媽媽哈哈笑了兩聲。我們走出餐廳，買了中式麻花捲，又吃著冰淇淋多晃了好一會。

搭公車回我們住的社區後，發現夕陽正好高掛在大樓的頂端，可是不知道為什麼，大樓那邊卻人聲鼎沸。

原來是夜市。不知怎地，大樓那邊開起了夜市。五顏六色的帳篷底下，有成排販賣調味炸雞塊、章魚串、蒸餃和龍捲風洋芋片等小吃的攤販，大家就像在逛市集那樣穿梭在各個攤販之間。媽媽和我在棉花糖攤販前停下了腳步。

「看起來好好吃喔。」

聽我這麼說，媽媽就買了一團棉花糖給我。我們悠悠哉哉地逛著，夜市裡應有盡有，雖然品質比較粗糙，但居然有「海盜船」，還有夾娃娃的機器。

夜市的尾端是搭起帳篷、擺了好幾張簡易桌子的露天餐廳，販賣著烤全豬、橡子涼粉、煎餅等，客人絡繹不絕，還播著節奏感很強的音樂。就在這時——

「那不是亞藍嗎？」媽媽說道。

我順著媽媽的視線看過去，亞藍就坐在擺滿酒瓶和飲料的冰櫃旁的桌子，但坐在亞藍旁邊的不是爺爺、奶奶，而是其他大人。

「看來亞藍的父母來了。要不要過去打聲招呼？」

我是第一次見到亞藍的父母。亞藍跟媽媽長得很像。

「不要，我們最近不熟。」

我說著，一邊拚命拉著媽媽的手臂，兩人就像被誰追趕似的快步離開了大樓。

「怎麼了？和亞藍發生什麼事了嗎？」

我們轉進了住宅區，兔子糕點店就在前方亮起的路燈前面。

「就變成這樣了。」

「吵架啦？哎呀，可以的話就互相退一步吧。」

「不要，我無法再讓步了，難道我就得一直無條件對亞藍好嗎？」我氣呼呼地說。

「那倒不是，聽說亞藍很怕孤單……」

「亞藍很孤單？天啊！媽媽妳一點都不了解亞藍。」

「媽媽雖然不了解亞藍，但看她和家人分隔兩地生活，還是有些心疼嘛。」

「那我呢？我永遠都沒辦法跟爸爸見面了，我就不會孤單嗎？」

我太生氣了，這句話就這樣脫口而出，媽媽被我的話嚇了一跳。衝動的說出這句話之後，我不禁擔心起媽媽會不會覺得受傷。

「不過，亞藍為什麼沒有和爸媽住在一起？」

我低低地問，雖然因為莫名對媽媽發火感到很愧疚，但另一方面還是覺得好奇。

「妳是她的朋友，卻到現在都不知道？」

媽媽停下腳步注視著我，語氣聽起來是真心感到震驚。

「不知道啊，亞藍又沒說，我怎麼會知道？是因為工作的緣故嗎？」

「不是那樣的，是因為亞藍的哥哥才分隔兩地的。」

媽媽說到這裡，呼出一口長長的氣。我好像聽亞藍說過她有個哥哥，可是他們相差幾歲、就讀哪個學校等具體細節都一概不知。

「哎呀，真不曉得該不該跟妳說這些。亞藍的哥哥病得很嚴重，亞藍的爸媽忙著照顧哥哥，所以才會住在外縣市。聽亞藍的奶奶說，之前他還曾經長期住院，但好像復原情況不太理想。聽說亞藍小學時，哥哥打她打得很兇，剛開始會開導他，也懲罰過他，後來才知道是生病造成的。聽說是無法克制衝動的病，但服藥後還是時好時壞。要是兩人繼續待在一起，亞藍可能會沒命，所以才帶哥哥去外縣市。媽媽之前還想帶亞藍來家裡吃飯呢，但是店裡太忙，一直沒辦法抽出時間關心她。幸好奶奶非常疼愛孫女，所以應該不要緊吧。」

媽媽含糊地解釋完後，就再也沒說話了。回家的路上，媽媽和我之間就只有塑膠袋的窸窣聲及腳步聲。

如樹木般

午餐時間，我去了一趟廁所，回來後卻聽到廣播流瀉出〈就放聲大笑吧〉的旋律。

走著走著，遍地的記憶殘破不堪。漆黑無光的洞穴，憂鬱達到了滿點，我如路燈般寂寞。轉過街口，冰淇淋店裡幸福的人們露出粉色微笑。我想化作一盞路燈，慢慢轉亮。淚水，在你的光芒下乾涸。摔了跤，痛是當然的。昨日已逝，明天未知，活在今日的我們，就放聲大笑吧！哈哈哈！如同世上的主角般哈哈哈！

我在走廊上停下腳步。這首歌總算紅起來了嗎？我豎起耳朵聽廣播，心情就像遇見了讓人喜出望外的朋友。

「妳在這裡做什麼？」

恩宥輕輕拍了一下我的背。看來恩宥也剛從廁所回來。

「這首歌很不錯吧？」我說道。

恩宥很認真地聽起歌曲，開始歪頭思考。

「哦？我聽過這首歌耶，是在哪裡聽到的？」

「是納奈莫樂團的歌曲〈就放聲大笑吧〉，是去年專輯的主打歌，我也是不久前知道的，很棒吧？」

恩宥沒有回答，也不知道有沒有在聽我說話。我繼續聽著音樂旋律，彷彿自己的靈魂跟著宛如春日的旋律在天空翱翔。

突然，一直不知道專心在思考什麼的恩宥突然大叫：「啊！我知道了。登登、登登，如同世上的主角般哈哈哈！聽到這部分就想起來了，這首歌就在櫻花蝦部落格的音樂清單最上方吧？」

「沒錯！妳說對了。」

「妳的部落格很有趣，很特別。」

「哪裡特別？」

「嗯……感覺喜好很獨特。」

「哪種喜好？」

「因為很少有喜歡古典樂或聲樂的同學啊。與其說是特別，應該說跟我的喜好很像。」

恩宥說著就笑了，我也笑了，兩個人的眼神交會。那一刻，恩宥的身體抽動了一下。我猛然將臉湊近恩宥，對她說：

「喂，我們應該不是死黨吧？死黨什麼的可不是我的風格喲。」

「當然啦！我們不是死黨，只是朋友。」

恩宥笑嘻嘻地，我也跟著咯咯笑了。

放學後，發生了更令人詫異的事。我拖著疲累的腳步走出大門時，有人突然拍了一下我的肩膀。

「這麼早就閃人啊。」是賢宇。

「愛管閒事。」我口是心非地嘛嘴說。

「我不管閒事，只管正事耶。」
賢宇開著蹩腳的玩笑，衝著我露齒一笑。明明就不好笑，我卻忍不住笑了出來，心臟跳得好快。天空晴朗無雲，即便穿著短袖校服也覺得有點熱。
真不曉得為什麼，這時我的口中突然蹦出了這句話：
「你，喜歡孝靜吧？」
「誰？」
「你不知道孝靜？就四班的黃孝靜啊。」
「啊！黃孝靜！知道啊，可是誰說的？她說的嗎？」
「喔，沒有啦！不是孝靜說的，只是因為有很多男生喜歡孝靜，所以我才隨口問問。」
「孝靜很受歡迎啊，可是我沒有喜歡她，就現在來說。」
我們很自然地並肩走著。
轉眼間就來到了紅綠燈前面。我們兩個是會瞬間移動嗎？也太快就走到這了吧。過了斑馬線後，賢宇就要往商店街的方向，我也要往住宅區的方向走了。

「對了，今天午餐時間的歌曲如何？就是那首〈就放聲大笑吧〉。」賢宇問道。

這時，交通號誌轉成了綠燈，我們一起慢慢地走過了斑馬線。

「原來是你播的啊，超棒的，我超喜歡那首歌。」我很興奮地說。

「那是我看完櫻花蝦部落格之後選的曲子喔。」

「什麼？」

我停下腳步看著賢宇，不小心喊得太大聲了。

「你什麼時候來過我的部落格？我都不知道。」

「我是先看到時厚的社群帳號再連過去的，櫻花蝦很不錯耶。」

在這瞬間，我們已經來到了馬路的另一頭。

「妳的部落格音樂清單滿棒的，可以借我參考一下吧？」

「當然囉！」我大聲地回答。

和賢宇道別後，我也不知道自己是怎麼回到家的，整個人就像飄浮在地上十公分似的。

我先打掃了家裡，心情還是像在翱翔宇宙般，一刻也無法平靜，於是我繼續用鯷魚湯頭煮了泡菜鍋。我遺傳到媽媽的好手藝，算是會做點料理。要是媽媽回家後發現有一鍋煮好的湯，必定會高興得昏過去吧。光是想像那個畫面就覺得好快樂。

在做這些事時，我一直在哼著〈就放聲大笑吧〉。賢宇來看我的部落格，還在學校廣播上播放我放在部落格的曲子，這件事讓我想搖身變成一條成天跳舞的鯨魚！

不只如此，賢宇現在不喜歡孝靜了。我放任自己天馬行空地想像和賢宇交往的畫面。我該向賢宇告白嗎？賢宇會答應吧？這樣我們就會交往嗎？嘻嘻，不是就算了嘛！

把家事都做完後，我打開了部落格。

就放聲大笑吧。就像歌詞所說的，摔跤會痛是理所當然的。不僅會有傷疤，也會流血吧，但遲早都會產生一層外殼的——堅實的全新外殼，我的外殼。

我一上傳完文章就想起了亞藍。現在我總算明白亞藍討厭恩宥的原因。換作是我，也應該會討厭她——假如我被想親近的朋友拒絕的話。不過就算這樣，也不代表亞藍或五手指沒有錯。只是我心情很好，就大發善心不跟她們計較了。

受到移動性高氣壓的影響，白天晴朗炎熱，不過只要躲到陰影底下就會很涼爽。

我們坐在紫藤花樹下，這次可是隔了好久才又召開編輯會議。

「我讀了多賢的稿子，照片也很棒，不過最後再加個社團官網的連結怎麼樣？這樣就算宣傳活動結束了，大家也能繼續捐贈眼鏡。」

「哇塞！」

聽到時厚的評語，海岡也跟著幫腔。距離發行社區報刊沒剩多久了，我們之中只剩海岡還沒交報導。

「海岡，你別只顧著讚嘆別人的報導，你什麼時候才要寫？已經採訪完了嗎？」

「當然採訪完啦。不用擔心，馬上就會寫了。」

又是一樣的老調重彈，海岡總是只會說大話。

這時，海岡悄悄地說：「不過，我可以在社區報刊上放一首自創的詩嗎？」

「詩？」

「哇！你說詩？海岡你寫了詩？」

我們三人都吃驚地大喊。海岡點點頭，把寫好儲存在手機上的詩拿給我們看。

住在樓下的麥寇，長了一身褐毛的麥寇
麥寇現在靠兩條腿走路
每當房東奶奶外出時
麥寇就會搭著嬰兒車出門
麥寇啊，奔跑吧，朝氣蓬勃地奔跑吧
飛奔到雲端上吧

「我不太懂詩，但我喜歡這首詩！不過，麥寇是小狗的名字嗎？」恩宥問道。

「妳怎麼知道？不過牠不是小狗，是一隻大狗。」

「因為你寫說一身褐毛。」

「也有褐毛的貓咪啊。總之，恩宥就是厲害。」

聽海岡這麼說，恩宥露齒一笑。

先前說房東家的狗碰上車禍，結果再也無法走路了啊……據說肇事逃逸的司機到現在還沒抓到，加上是在公園附近，所以也沒有監視器畫面。聽海岡說，現在麥寇必須接受定期復健治療。我們幾個立刻提議，說要在回家路上買零食去找麥寇。

「不過啊，不只恩宥，多賢也很會寫文章，海岡還會寫詩。你們以後想當什麼啊？我是說將來的夢想。」

大致把正事說完之後，時厚突然這樣問我們。午餐時間快結束了，第五節課是體育，除了我，恩宥、時厚和海岡都已經先換好了體育服。

「將來的夢想是什麼喔？時厚，我要當什麼呢？我想當足球選手，也想當狗狗幼兒園的老師，還想當詩人。媽媽說我長得很帥，叫我去當演員耶，電影演員！夥伴們，我以後要當什麼好呢？」

海岡用目光掃視我們一圈。先不說別的，看他若無其事地說自己很帥的模樣，我就快笑噴了。

「在我看來啊，海岡你雖然很會踢足球，但還不到當職業選手的程度。至於演員嘛，就得講求天分了。就看海岡你想當什麼吧。除了足球選手，其他你應該都能勝任。」

時厚很誠懇地評論了一番。海岡聽了笑嘻嘻的。我們之中，誰也沒有嘲笑海岡說：「你長得很帥？」

這時，午餐時間的音樂廣播播放起舒曼的〈夢幻曲（Traumerei）〉。咦？我的心中頓時放起了煙火。這是我放在部落格的曲子，難道賢宇他……

「妳呢？」時厚這次看向我。

我冒著被取笑的風險，如此回答：「記者！我想成為記者，雖然成績還得再加把勁。」

恩宥看著我說：「哦？我也是耶！不過也不是非要當記者，只是想從事寫文章的工作，作家、記者或評論家都行。我喜歡語言，因為感覺最能表達人類的內在。」

雖然恩宥只是說出自己的想法，聽起來卻像是在為我加油。

「噢噢！這真是太讚啦。」時厚突然興奮的大聲嚷嚷，「我有說過我想當記者吧？我只要聽到記者挖掘真相的故事，心臟就會狂跳不已。欸！我們三個一起成為記者，以後在同一個報社工作吧！」

「那我咧？」海岡看著時厚問道。

「你就做你想做的啊。如果你成為知名演員或詩人，不就能經常看到你的作品了嗎？如果你要當狗狗幼兒園的老師，我們就把狗狗交給你。對了，以後你跟我一定要住在同一個社區喔，我們要組一個晨間足球俱樂部。」

聽到時厚這麼說，海岡露出了滿意的笑容。我用手機確認了一下時間，猛地站了起來。

「我要去換體育服了，先走了。」

「好，就先到這邊吧。對了，星期六記得在我家碰面喔，海岡要把報導寫好帶來。」恩宥說。

「知道了，我一定會寫好。」海岡依然一臉開朗地回答。

回到教室後，廣播的音樂已經換成艾爾加的〈威風凜凜進行曲〉。我提著體育服的包包到廁所換衣服時，卻聽見了很熟悉的聲音。

「不然怎麼辦！如果不想去保健室，又不想跟別人借的話，那要提前離校嗎？」

是秉熙。

「啊！不管了啦。」

「還是乾脆翹掉體育課？我去幫妳跟體育老師講一下？」

「不要。」

「不然要怎麼辦？」

「真是要瘋了，應該不能把衛生紙捲起來墊著吧？」

「要是上課上到一半漏出來，我的臉就丟大了。」

換好衣服出來，看到亞藍和秉熙還站在鏡子前。我當作沒看見她們，逕自走出了廁所。

午餐時間剩下不到五分鐘，教室內就只有窗邊的兩位女同學。我打開書包，拿出防晒乳來塗抹，接著又拿出一個化妝包。

我假裝漫不經心地走到亞藍的座位，把衛生棉的化妝包放在亞藍桌上，然後就匆匆來到外面的走廊。要是窗邊的同學看見了怎麼辦？要是亞藍沒發現化妝包內裝的是衛生棉呢？假如她知道，卻埋怨我故意大剌剌地放在桌上呢？我的腦中頓時充斥了各種念頭。

呿！管她埋怨不埋怨呢，不然是想怎樣！假如她不需要，自然會丟到垃圾桶去吧，管她要不要早退，都與我無關。

我換上運動鞋，跑向了操場，清新的微風朝全身吹來。現在是春末嗎？還是夏初呢？總而言之，是很適合上體育課的天氣。

作家的話

在網路論壇上某人傾訴煩惱的文章底下，我所回覆的留言有幾次成為了「最佳留言」，這本小說就是抱著留言的心情開始的。

寫小說的同時，我也經常產生描繪心靈地圖的念頭，像是彼此的界線在哪裡，哪個點是屬於綠燈或紅燈，彼此心底的歇腳處又位於何處。明知是天方夜譚，但我仍盼望我的小說能扮演走向他人的導航角色。正如同我透過無數文學作品，而對生死與關係的地圖有了模糊的概念，總有一天，我的小說也會成為某人心靈巷弄裡的小小指示牌吧？因此，今天我依然在閱讀、依然在寫著小說。

我曾經歷過伸手不見五指的黑暗時期，那時的我為了生存而開始閱讀，好像幾乎把道峰圖書館文學區的書都讀完了。開始閱讀小說後，我的眼前也跟著清晰起來。關於承受傷痛的方法、來歷不明的欲望根源、面對生死的智慧等，小說裡什麼都有。

開始正式寫作是在媽媽辭世之後。直到那時我才領悟到，自己是個多不孝的女兒。我很想告訴媽媽自己錯了，卻無能為力。從那時開始，我就每天不斷寫下些什麼，對媽媽的愧疚、飽含思念的文字，有時也會寫寫作品評論，後來則是開始寫起了小說。因小說而拿下獎項時，我感覺就像是收到了媽媽給我的回應。

一路走來的歲月，我有許多值得感謝的人。

我要向認同我是作家並激勵我的家人、接納我這種古怪性格的朋友，以及聽到獲獎消息後，傳來精采照片和長文的林哲宇老師致謝。

還有文學村青少年文學獎的評審，以及悉心呵護這個故事的編輯部，對於你們的愛與支持，我愧不敢當。我會持續以優秀的作品作為報答，在此感謝再感謝。

據說Goodbye的字源是「God be with you」。

如今這個故事的孩子們要離開我身邊了。雖然人生無法始終一帆風順，但就算被討厭了，也要理直氣壯地好好活下去喔。金多賢，Goodbye！

二〇一九年一月

黃英美

作者簡介——黃英美 황영미

畢業於教育學系文藝創作組，曾旅居加拿大。當她看見年輕的孩子們，在學校這個環境內面對課業競爭、同儕相處的壓力，甚至暴力或霸凌等問題，卻依然展現了強韌的生命力，學習如何去愛，讓她非常希望能成為孩子們的朋友，為青少年加油打氣。

二〇一七年以《國中生並不孤獨》入選韓國首爾電視展（BCWW）「Story to Broadcast」單元，《多賢的祕密貼文》更是一舉拿下第九屆文學村青少年文學獎，作品《喇叭褲純情》則獲選為二〇二〇年StoryUm平臺推薦故事。另著有《模範生的生存法》。

譯者簡介——簡郁璇

替作者說故事的人，譯有文學小說《歡迎光臨休南洞書店》、《阿拉斯加韓醫院》、《關於女兒》、《地球盡頭的溫室》，以及繪本《爺爺的天堂旅行》、《怪獸特攻隊》、《鬱金香旅社》等逾百部作品。

臉書交流專頁、IG：小玩譯

多賢的祕密貼文：我的真心，僅限本人閱讀／黃英美（황영미）著. 簡郁璇 譯. -- 初版. – 臺北市：時報文化，2025.1；208面；13╳19 公分. --（STORY；115）
譯自：체리새우 : 비밀글입니다
ISBN 978-626-419-109-8 (平裝)

862.57 113018924

※本書獲得韓國文學翻譯院（LTI Korea）補助。
This book is published with the support of the Literature Translation Institute of Korea(LTI Korea).

ISBN：978-626-419-109-8
Printed in Taiwan

STORY 115

多賢的祕密貼文：我的真心，僅限本人閱讀

체리새우 : 비밀글입니다

作者 黃英美｜**譯者** 簡郁璇｜**主編** 尹蘊雯｜**執行企劃** 吳美瑤｜**封面插畫** CLEA｜**封面設計** FE設計｜**內頁排版** 芯澤有限公司｜**副總編輯** 邱憶伶｜**董事長** 趙政岷｜**出版者** 時報文化出版企業股份有限公司 108019 臺北市和平西路三段240 號 3 樓 發行專線—（02）2306-6842 讀者服務專線—0800-231-705・（02）2304-7103 讀者服務傳真—（02）2304-6858 郵撥—19344724 時報文化出版公司 信箱—10899臺北華江橋郵局第 99 信箱 時報悅讀網—www.readingtimes.com.tw 電子郵件信箱—newlife@readingtimes.com.tw ｜ **法律顧問** 理律法律事務所 陳長文律師、李念祖律師 ｜ **印刷** 家佑印刷有限公司 ｜ **初版一刷** 2025年 1月17 日 ｜ **定價** 新臺幣400 元 ｜（缺頁或破損的書，請寄回更換）

時報文化出版公司成立於 1975 年，1999 年股票上櫃公開發行，2008 年脫離中時集團非屬旺中，以「尊重智慧與創意的文化事業」為信念。